L'Expérience

Maurice Barthélemy

L'Expérience

PLON
www.plon.fr

92, avenue de France
75013 Paris
www.plon.fr - www.lisez.com

Mise en pages : Graphic Hainaut
Dépôt légal : août 2023
ISBN : 978-2-259-31591-3

Ce n'est pas la première fois que Léo va au cinéma. Mais entrer dans une salle sans savoir ce qu'il va voir : c'est nouveau pour lui.

Souffler. Juste souffler. Mettre sur pause cette journée abrutissante.

Vas-y, Léo, rentre dans ce cinéma. Paie ton billet et prends la première salle. Ne choisis pas ta place. Laisse-la te choisir. Pose ton cul et ta vie. Tu l'as bien mérité.

Ça va, Léo ?

Ça vibre au niveau de sa poche. Soit c'est une poche vibrante, soit c'est le téléphone qui est dans sa poche qui vibre. Va pour la seconde option. Plus réaliste. Il décroche.

— Oui ? Je suis au ciné. J'ai besoin de décrocher.

Ça *blablotte* au téléphone. Léo l'interrompt.

— Je sais pas ce que je vais voir. J'ai choisi au hasard.

Son interlocuteur lui répond trop longuement. Il le coupe.

— Eh ben, tu lui diras que Léo n'est pas dispo. Que tu ne sais pas où il est. Et que Léo le rappellera demain.

Il raccroche sèchement et éteint son téléphone dans la foulée.

— Foutez-moi la paix, bordel…

Léo parle souvent seul. Surtout en période troublée. Une sénilité précoce ? Pas vraiment, il n'a que 44 ans. 45 en avril. Disons que ça le rassure. Que c'est un bon moyen de se sentir moins seul. Les navigateurs en solitaire se parlent pour ne pas se rouiller les dents.

Léo n'a jamais mis les pieds sur un bateau, mais c'est un solitaire. Il *autodiscute* avec lui-même depuis qu'il est tout petit. Sa mère Mathilde le couchait toujours trop tôt. Il n'avait jamais sommeil à 18 heures. Sous couvert que les gamins ont besoin de sommeil, les adultes les collent au pieu en fin d'après-midi. Tout ça pour avoir la paix. Ça l'a rendu totalement insomniaque, le Léo. Tu m'étonnes. À l'heure où ses petits camarades se coltinaient des Prince de Lu au lait chaud devant un bon dessin animé japonais, lui devait aller se coucher tout ça pour que sa mère puisse avoir un moment pour elle. Mathilde n'avait pas envisagé qu'elle ait pu concilier son temps libre avec celui de son fils. Non, un enfant, ça se couche tôt : c'est bon pour le développement de son cerveau. Donc au dodo avec les poules ! Et encore, je suis certain qu'à cette époque les poules devaient se demander ce que foutait ce gamin au lit avant elles.

— C'est quoi cette vie ? marmonne-t-il. Pourquoi je m'impose ça ?

Cette salle respire le repos. Un cinéma, c'est toujours une promesse. Les fauteuils qui puent le confort. L'odeur des pop-corn oubliés. La lumière flottante. La température *gloussante*. Le son assourdi. Même l'odeur de pied de la moquette murale est réconfortante. Tout est réuni pour te *disponibiliser*. C'est une caresse avant la claque. Quel que soit le film. Au cinéma, on se prend toujours une gifle. Une trempe d'ennui. De génie. De rire. De nullité. De larmes. Rien ne remplacera le cinéma. Aller voir un film, c'est une sortie. On le choisit. On se renseigne. On prend rendez-vous avec soi-même ou avec quelqu'un. On se prépare.

Alors qu'on ne se déplace pas pour aller voir Netflix. On ne regarde pas les horaires pour aller sur Netflix. On n'achète pas des bonbons dans un sachet qui fait du bruit quand on va sur Netflix. C'est toujours une mini-fête, le ciné.

Là, pour Léo, c'est plus une mini-pause. Mais c'est bien comme ça. D'autant plus qu'il n'y a visiblement personne dans cette salle. Qu'elle est vide.

Ou presque. Un grincement de porte. Un rayon de lumière lèche les murs. Une ombre se répand au plafond.

Léo prend une profonde inspiration. Sa tranquillité est sur le point de rendre l'âme. Il balance un discret regard par-dessus son épaule. Une femme s'est installée quelque part derrière lui. Un imper beige plus communément appelé « trench » par celles qui en portent. Des cheveux en veux-tu en voilà. Plutôt noirs. Un pull vert. Le reste, Léo ne peut le voir.

Des petits bruits de *zippage* de sac à main. Un soupir qui en dit long. La co-spectatrice est à présent en place. Le silence reprend ses droits. Léo reprend espoir. Finalement, cette intrusion ne devrait pas tant le gêner que ça. C'est marrant comme parfois, quand on est bien, on est capable de se gâcher le moment rien qu'à l'idée qu'on pourrait ne plus l'être. Ça s'appelle le syndrome de Knokke-le-Zoute. Vous ne le connaissez pas ? C'est normal : ça n'existe pas.

Une petite toux sèche de fumeuse vient rappeler à Léo que la femme est toujours là. Un petit coup d'œil à sa montre. Il est 14 h 20. N'ayant pas la moindre idée de ce qu'il va voir et encore moins de son commencement, il en conclut que ça devrait bientôt débuter.

Du moins le *balançage* de pubs.

Mais rien. Pas de petite musique d'ambiance. Uniquement le silence mat d'une salle vide.

Léo regarde autour de lui. C'est fou comme toutes les salles de cinéma se ressemblent. Qu'on soit à Tourcoing, à Saint-Nazaire ou à Marignane, elles sont toutes pareilles. C'est logique, ce sont des lieux plongés dans le noir. Pourquoi les théâtres ont échappé à cette règle ? Parce qu'ils n'ont pas tous été détruits.

Ça fait tellement longtemps que Léo n'est pas allé au cinéma. Trop de travail. Plus l'envie.

Quelle folie de s'être autorisé cette pause ! Comme si le temps était gratuit. On ne va pas au cinéma en pleine journée quand une journée contient moins de 24 heures. Et même si elle faisait 56 heures, il n'aurait pas le temps d'y aller. Il va la payer, cette séance… Ça se saura. D'une façon ou d'une autre. Une gaffe de son assistante. Le billet qui traîne sur le bureau. Un collègue qui tombe sur vous quand vous sortez de la salle. C'est fou comme tu croises systématiquement une connaissance au moment où tu le souhaites le moins. À croire qu'il existe une cellule de « dénicheurs » chargés de te traquer quand tu essaies de te planquer. C'est la raison pour laquelle les types qui sortent des sex-shops regardent toujours à droite et à gauche avant de s'engager sur le trottoir.

En même temps, il risque quoi ? Une remarque ? Un blâme ? Une condamnation à la peine capitale ? Et quand bien même… il s'en balance, Léo. Il a besoin de se poser. Sinon, il va se briser.

Elle

Dans cette salle. Il n'y a pas que lui. Il y a aussi sa solitude. Je ne vois que le haut de sa tête et pourtant, je le visualise comme si j'avais été face à lui. Il y a des hommes physiquement prévisibles. Et lui, le haut de son crâne raconte tout le bas de son corps.

Pas grand. 1 m 70, pas plus. Plus de quarante ans. Des cheveux appelés à disparaître dans les quinze prochaines années. Un regard sûrement clair. Un visage probablement ovale. Un nez cohérent.

Barbu ? Évidemment. Il a un cou à porter une barbe. La plupart des hommes portent une barbe. Courte. Longue. Taillée. Sauvage. Religieuse. Laïque. Ce n'est plus une mode, c'est un attribut. On la porte comme une montre. Pour se rassurer.

Il doit porter une veste. Pas de blouson. Un homme élégant qui s'ignore. Son manque de style est déjà un style. Un jean. Pas de baskets.

Des chaussures durables. Solides. Qu'est-ce qu'il fait là ? Dans cette salle ? À cette heure ? Peu de gens vont au cinéma seul. Mais des hommes de cet âge, c'est encore plus rare. Un provincial ! Voilà, il a deux heures à perdre avant de prendre le train de retour. Son prénom ? Sa nuque ne m'en dit pas assez. Mais c'est un prénom court. Jean. Rémi. Paul. Loïc.

Non, pas Loïc. Il n'a pas la nuque bretonne.

Et puis soudain, je ne capte plus rien.

J'ai beau le regarder, l'analyser, le décrypter. Rien de rien ne me parvient. Puis je finis par comprendre que le bouclier qu'il utilise, c'est un brouillard de tristesse qui émane de lui. Une mélancolie qui l'enveloppe, le protège des regards indiscrets. Moi, le scanner, il m'a neutralisé. Je comprends que ce qui va se passer entre lui et moi ne sera que vérité.

Ça commence

La lumière baisse. L'écran s'illumine. On y est. Ça commence. Léo se redresse. La salle est désormais plongée dans le noir. Un logo s'anime. Une sorte de Rubik's Cube monochrome tourne sur lui-même dans un léger «wouf» musical. Le cube se désintègre en une multitude de particules qui viennent peu à peu former une phrase.

Sur l'écran est inscrit :
— *Ça va, Léo ?*

* * *

Léo sourit. La coïncidence est belle.
La phrase s'efface.
Une nouvelle s'affiche.
— *Ça va, Léo ?*

Surprenant pour un début de film. Et surtout, qui tombe pile-poil sur son prénom : ça l'est encore plus. En même temps, son prénom a été adopté par la nouvelle génération : rien de surprenant finalement.

— *Ça va, Léo ?*

Amusé Léo répond presque instinctivement :

— Ça va, merci…

Maladroitement, il se retourne vers sa voisine assise quelques sièges derrière lui.

— Je m'appelle Léo.

La jeune femme lui adresse un sourire poli.

Léo, gêné, regarde l'écran et découvre qu'une nouvelle phrase s'est affichée :

— *Tu es certain que ça va, Léo ?*

Il se fige.

— C'est quoi ce truc ?

À sa voisine :

— Vous savez ce qu'on va voir ?

La femme, rassurante :

— Qu'est-ce qui vous inquiète ?

— Rien. Je sais pas ce qu'on va voir… Je me demandais si c'était courant.

— Courant ?

— De se faire interpeller par un écran.

— Je ne peux pas vous dire.

Léo marque un temps, décontenancé par la sérénité de cette femme. Un ours polaire aurait pu venir s'asseoir à ses côtés qu'elle aurait réagi pareil. Il y a des personnes qui n'offrent aucune prise au premier abord. Ce sont des parois lisses. Pas froide. Elle n'a rien de glacial. Bien au contraire. Elle dégage une chaleur constante. Elle n'invite pas à l'escalade « conversationnelle », disons.

— Pardon. Désolé.

À l'écran, la phrase est toujours affichée :

— *Tu es certain que ça va, Léo ?*

Léo s'affaisse légèrement dans son siège. Comme si un doigt divin lui avait appuyé sur le front.

— Oui. Enfin… je pense.

La phrase disparaît.

Une autre s'inscrit :

— *Tu es certain ?*

Léo soupire.

— Mais c'est dingue…

Il s'adresse à l'écran :

— Si je suis certain d'aller bien ?

Un « *Oui* » s'affiche.

Il éclate de rire puis regarde vers le fond de la salle pour s'adresser à un éventuel projectionniste.

— C'est un film interactif, c'est ça ?

Pas de réponse.

— C'est pour relancer la fréquentation des salles ? Vous mettez au point un nouveau procédé ?

Pas de réponse.

— Et c'est moi le cobaye ?

Toujours pas de réponse.

— OK. Pas de problème. Vous voulez jouer ? Alors, jouons.

Il se retourne vers l'écran.

— Tu veux savoir si tout va bien ? C'est ça ? Eh bien non, ça ne va pas. Ça ne va même pas du tout ! Pourquoi tu crois que je suis là ? Je suis rentré dans cette salle parce que tout foire autour de moi. Rien ne me rend heureux. Ma vie sentimentale est une catastrophe. Mon boulot m'emmerde. Je ne parle plus à ma fille depuis quatre ans. Et là, je suis dans une salle de cinéma en train de parler à un écran… Ça te va comme réponse ?

À la jeune femme :

— Je suis désolé.

— De quoi ?

— Je dois vous déranger.

Elle sourit doucement.

— Non.

Léo laisse passer un train de quelques secondes puis fixe l'écran. La phrase a disparu.

Une nouvelle fait son apparition :

— *J'ai un secret pour toi, Léo.*

Surpris, il rétorque sèchement :

— Un secret ? Un secret de quoi ?

L'écran ne répond pas. Il capitule :

— OK. Va pour le secret.

La réponse s'affiche :

— *Fais d'abord le tour de la salle à cloche-pied.*

Il éclate de rire. Un rire un peu trop fort pour être tout à fait un rire. Un rire inquiet. Un peu comme celui qu'on peut avoir quand on te dit que ton père n'est pas ton père (pour celles et ceux qui l'ont pris sur le ton de la plaisanterie).

Il s'arrête net. Comme foudroyé par la lassitude.

— Bon… Ça commence à me saouler.

S'adressant au fond de la salle :

— On pourrait avoir un vrai film ? Je suis venu voir un vrai film ! Il y a quelqu'un ?

La femme l'interrompt :

— Ça fait longtemps qu'il n'y a plus de projectionniste dans les salles.

— Oui, mais il y a bien quelqu'un qui surveille, non ?

La jeune femme le toise avec amusement.

— Vous ne savez pas sauter à cloche-pied ?

Interlocuté :

— Pardon ?

Sans réponse de la femme, il enchaîne :

— Bien sûr que si. Simplement…

Elle le coupe.

— Alors, faites-le. Qu'est-ce qui vous en empêche ?

— Le ridicule m'en empêche. Rien que le ridicule.

— Pas plus que de parler avec un écran.

— Oui, mais…

— En plus, il y a un secret à la clé. Vous ne voulez pas le connaître ?

Léo perd pied, mais ne veut rien en laisser paraître.

— Ils testent quelque chose sur nous. Je ne vais pas leur faire ce plaisir.

— Vous n'aimez pas jouer ?

— Si. Mais quand je le décide. Et là, je n'ai pas envie de sauter à cloche-pied devant vous.

La jeune femme le dévisage.

— Ça ne me dérange pas. Je suis même certaine que cela va m'amuser.

Elle laisse passer un microsilence épais comme un microfilm.

— Et puis j'aimerais connaître le secret.

Léo pouffe.

— Eh bien, faites le tour de la salle à cloche-pied si ça vous chante. Je vous laisse ma place…

Avant même qu'il puisse mettre un point à sa phrase, elle le coupe :

— C'est à vous qu'il s'adresse. Pas à moi. Et puis c'est plus amusant de vous voir faire le tour de la salle à cloche-pied que moi. Moi, je sais que je peux me surprendre. Mais vous ? Est-ce que vous êtes prêt ?

Léo sent que cette conversation l'entraîne vers des contrées inconnues. Il préférerait rester sur les berges du « blabla ».

— Vous faites partie du jeu ? Vous êtes une sorte d'animatrice, c'est ça ?

— Je ne suis que spectatrice, je vous rassure.

Léo la dévisage un court instant long. Comme pour déceler chez elle où se cache la blague. La caméra cachée. Mais il ne voit rien que le visage impassible d'une femme impassible.

Léo se lève. Laisse échapper un pont de soupirs.

— C'est ridicule.

Puis il se lance à l'assaut de la salle. Sur un pied. Le gauche.

Sachant que Léo pèse environ 65 kg, ça fait lourd pour un genou. Sans compter la tenue inadéquate qu'il porte. Des mocassins. Un jean. Une veste de velours côtelé. Rien de très sportif.

Cependant, les premiers mètres sont avalés avec aisance et dignité. Il se sent observé. Il tente de maintenir une cadence régulière. Il a gardé de ses années de joggeur l'habitude de respirer en rythme. Il jette à quelques reprises un œil sur elle, histoire de voir si elle ne se moque pas. Elle ne laisse rien paraître. À peine un léger amusement. Passés les 15 mètres, Léo sent une pointe au niveau du psoas. Pour celles et ceux qui vont régulièrement chez l'ostéo, le psoas n'a plus de secret. Pour les autres, c'est le muscle qui va des lombaires au fémur. Et là, il pique un *chouille* le psoas de Léo. Mal habitué qu'il est à être autant sollicité. C'est un peu comme si un lanceur d'alerte devenait lanceur de poids. C'est pas la même discipline. Et là, Léo, après avoir parcouru 25 mètres, le sent douloureusement. Arrivé à la quasi-moitié de la salle, son psoas est sur le point d'abdiquer.

La jeune femme qui le suit du regard le voit alors disparaître derrière une rangée de sièges. Un peu à la manière d'un sanglier happé par un piège lors d'une battue. Un bruit sourd. Un léger hennissement. Léo s'est vautré. Un silence se répand comme une traînée de poudre. Vite dopé par la fierté et l'adrénaline, Léo refait surface et reprend sa course. Sur l'autre jambe cette fois. La droite. Avec un psoas neuf. Qui n'a pas encore servi du moins. Sautillant à la manière d'un champion de cloche-pied départemental, il franchit la ligne d'arrivée imaginaire après 4 minutes 32 secondes d'une course digne d'une épreuve de montagne du Tour. Du tour de l'île aux Moines, du moins.

Il s'affale dans son siège. Essoufflé.

La femme, impassible, le laisse récupérer son rythme cardiaque et son taux de glycémie.

— Ça va ?

Léo ne dit rien. Il n'est pas encore apte à répondre.

La minute de récupération passée, Léo répond :

— Ça va, oui.

Il prend une profonde inspiration puis expire bruyamment.

— Vous êtes contente ?

Elle laisse passer un petit ange avant de dire :

— Et vous ?

— Si je suis content ? Ridicule, oui. Content, je ne crois pas.

— C'était un moment amusant, dit-elle sans exprimer le moindre amusement.

Léo le note mais ne relève pas.

— Je n'en doute pas.

Elle le regarde. Son visage s'éclaircit comme une percée de soleil dans le ciel d'Houlgate.

— C'est toujours drôle de voir quelqu'un faire quelque chose qu'il n'a pas l'habitude de faire. C'est presque émouvant.

Léo s'étonne.

— Émouvant ?

— Oui, émouvant. Ça me touche, les gens qui sortent de leur zone de confort. J'ai toujours trouvé ça courageux.

— Ça va… C'était juste un marathon de 4 minutes 30 secondes. Pas de quoi en faire un pudding.

— Vous êtes certain de l'expression ?

Léo fronce les sourcils : en effet, il va avoir du mal à l'expliquer.

— Non.

— Mais vous l'avez fait. C'est ça qui compte. Si on vous avait dit, quand vous êtes rentré dans cette salle, que vous alliez en faire le tour à cloche-pied vingt minutes plus tard, vous ne l'auriez jamais cru.

— Pas faux.

Son pouls ayant repris un rythme normal, il l'observe. Cette femme est étrange. Elle fait jeune, mais elle n'est pas jeune. Elle fait vieille, mais elle n'est pas vieille. Son visage a pris un emprunt sur le temps. Sa chevelure brune donne le sentiment qu'elle vient d'être repeinte. Une brillance naturelle, mais pas du tout habituelle. Les yeux qui lui servent pour voir sont marron chaud. Le marron des châtaignes. Un marron clair qui vire au kaki quand elle chope la lumière des encastrés du plafond. Ce qui lui donne un regard de chat. Pas de gouttière. Plutôt persan. C'est ça. C'est une femme qui perce. Transperce. Ses yeux sont des mèches de huit qu'elle enfonce profondément en vous. Et pour mieux vous hypnotiser, elle utilise une voix grave qui trouve sa source ailleurs que dans la gorge. Une voix de ventre profonde et envoûtante. Glaçante et chaleureuse. Cette femme est l'opposé d'elle-même.

Qui est-elle ? Est-ce qu'elle bosse pour le cinéma ? Pourquoi est-elle aussi belle ? C'est voulu ou c'est inné ? Le plus beau chez elle, c'est qu'elle ne semble pas avoir conscience de son charme. Comme si elle avait vécu sans miroir. Sans reflet d'elle-même. Ignorant totalement l'effet qu'elle pouvait produire sur un mâle alpha. Très souvent bêta quand il se retrouve face à tant de perfection. On dit que la perfection n'existe pas. C'est faux. Le *David* de Michel-Ange est parfait. La *Joconde* est parfaite. Le paris-brest de Conticini est parfait. La perfection existe. Mais elle est froide. Moins émouvante parce que trop aboutie. Là, chez cette femme, la perfection est bouleversante.

— Vous êtes là ?

Léo sort de sa rêverie un peu comme on sort d'un tunnel autoroutier. Ébloui.

— Oui, je suis là.

Reprenant son esprit perdu.

— Et qu'est-ce qui vous a émue dans ce parcours à cloche-pied ridicule ?

Sans réfléchir, elle lui répond.

— Le fait que vous l'ayez accepté aussi rapidement. J'aime bien les gens qui assument de changer d'avis.

— C'est vrai. Mais je ne l'assume toujours pas. Laissez-moi une petite dizaine d'années. En attendant, je trouve ça toujours aussi ridicule.

— Alors, pourquoi l'avoir fait ?

— C'est vous qui m'y avez poussé.

— Je n'y suis pour rien. Je vous ai donné mon avis en vous disant que ça m'amuserait. Ce qui est le cas. Le reste, c'est vous qui l'avez décidé.

Léo s'accorde une minute de réflexion. Elle a raison. Elle ne l'a pas supplié.

— Vous m'avez dit que vous vouliez connaître le secret. C'est pour ça que vous m'avez incité à le faire.

— Vous, vous vouliez connaître le secret. Mais sans vous l'avouer. C'est la vraie raison pour laquelle vous avez fait ce tour de salle à cloche-pied.

Léo abdique.

— Admettons.

Il laisse passer une nuée d'anges. Puis les chasse.

— Mais vous faites quoi ici ?

— Comment ça ?

— C'est quoi votre rôle ?

C'est à son tour de laisser passer un escadron angélique.

— Pourquoi croyez-vous que je joue un rôle ?

— Vous voyez ce que je veux dire…

— Je suis spectatrice. Pas actrice. Je ne joue aucun rôle. Je vous l'ai déjà dit. C'est vous qui vouliez connaître le secret. C'est vous qui vous êtes décidé. C'est vous qui avez parcouru cette salle à cloche-pied.

— Et c'est moi qui étais ridicule.

La femme montre pour la première fois un signe de lassitude.

— Le ridicule est une vision faussée que l'on a sur soi. Si vous n'accordez aucune importance à ce que l'on pense de vous, vous ne vous sentirez jamais ridicule.

Léo ne s'attendait pas à ce coup droit. La balle était tellement rapide qu'il n'a même pas eu le temps d'armer son bras.

— Ça n'empêche pas de se sentir stupide.

— Si vous accordez plus d'importance à ce que pensent les autres, peut-être. Mais quel est le plus important ? Vous ? Ou les autres ?

Léo sourit.

— Si je dis « moi », je passe pour un égoïste. Si je dis « les autres », pour un menteur.

À elle de sourire.

— Parler de soi en permanence est sûrement un signe d'égocentrisme. Mais pourquoi penser à soi le serait ?

— Vous souriez peu.

— Je souris parfois, mais vous ne le voyez pas.

— C'est ce qu'on nous apprend.

— À sourire ?

— Non. On nous apprend à ne pas trop penser à soi.

— Qui est-ce « on » ?

Léo voyant passer un arbre mort sur le fleuve de la perplexité tente de l'attraper pour ne pas sombrer.

— Ben…

Mais visiblement c'est un échec. La jeune femme se tourne vers l'écran.

Léo se recale dans son fauteuil, laisse le silence reprendre le contrôle, puis s'adresse à l'écran :

— Alors, ce secret ?

Le secret

Après avoir fait le tour de la salle à cloche-pied, Léo attend avec impatience une réponse de l'écran.

— Alors, ce secret ?

S'affiche alors :

— *Ça va, Léo ?*

Léo monte en impatience.

— Oui, oui, ça va. J'ai fait mon tour : c'est à toi maintenant. C'est quoi ce secret ?

L'inscription s'efface à l'écran mais rien ne s'inscrit derrière.

Léo attend quelques secondes. Puis s'adresse à sa voisine.

— OK, c'est des conneries tout ça. Vous m'avez bien eu. Il n'y a pas de secret, c'est ça ?

La femme le regarde, amusée.

— Je pensais que ça ne vous intéressait pas ?

Déstabilisé, Léo bredouille :

— Non… c'est que…

S'affiche à l'écran :

— *Tu viens de découvrir le secret.*

Léo éclate de rire.

— Je savais que j'allais me faire avoir avec une phrase de ce genre.

La femme dit tout bas :

— Il n'y a pas de secret. Seulement des évidences.

Léo s'asperge le visage de ses mains.

— Putain dans quoi je suis tombé… C'est une secte, c'est ça ?

Elle enchaîne.

— Le fait de s'autoriser à faire quelque chose d'inhabituel peut être le début de nombreux changements.

Il sourit.

— Ma métamorphose a commencé par ce tour de salle à cloche-pied ?

À l'écran, s'inscrit :

— *Tout dépend de toi, Léo.*

— Je m'en doute.

Une nouvelle phrase s'affiche :

— *Ne doute plus : sois certain.*

Léo explose.

— Mais c'est quoi ces conneries ? Rien n'est certain ! Alors comment je pourrais être certain ? Tu as vu ce qui se passe dehors ? Le climat ? Les guerres ? Les virus ? Tu ne trouves pas que ça rend les choses incertaines ?

— *Qui en est la cause ?*

Léo soupire de dépit.

— J'imagine que c'est l'homme ?

— *Oui.*

— Une fois qu'on a dit ça, on a dit quoi ? Tout est la faute de l'homme ! Ça, ce n'est pas une nouvelle. Aucun doute là-dessus.

— *Oui.*

Léo trépigne en se parlant à lui-même.

— Pourquoi je reste là, moi ?

Il laisse passer quelques remarquables secondes puis s'adresse à la femme sans la regarder.

— Et vous ? Pourquoi vous êtes là ?

La réponse n'arrive pas tout de suite. Il insiste.

— Alors ?

Elle répond :

— Si je savais.

* * *

Léo se retourne.

— Vous faites quoi dans la vie ?

La femme lui répond :

— Dans ma vie ou dans votre vie ?

— La mienne, c'est également la vôtre, non ?

— Je ne sais pas. C'est à nous d'en décider, vous ne croyez pas ?

— C'est-à-dire ?

— Vous êtes entré dans ma vie en pénétrant dans cette salle. Vous en sortirez sans doute en partant.

Léo ne répond pas tout de suite.

— Sauf si on en décide autrement.

À l'écran, s'affiche :

— *Oui.*

Les deux prennent le temps de lire ce qui vient de s'inscrire. Puis la femme reprend la conversation.

— Vous voyez que votre pensée évolue. Vous n'êtes plus aussi fermé qu'en arrivant : vous laissez la porte ouverte à l'éventuel. C'est beaucoup sur une durée si courte.

Léo enchaîne rapidement :

— On envisage tous l'éventuel, quand on rencontre quelqu'un.

— Oui. Et on l'oublie vite quand on se met ensemble.

— Vous parlez de quoi ?

Elle marque une pause.

— La plupart d'entre nous se figent quand ils se mettent ensemble. Ils ne sont plus dans l'éventuel, mais dans la protection de ce qui est déjà là. C'est dommage.

Un trouble s'installe.

Léo se met à bouger les jambes, signe que quelque chose le *chautille* (mot très peu utilisé car n'existant pas).

— Vous êtes avec quelqu'un, vous ?

Les yeux de la femme s'illuminent comme les hublots d'un bateau de croisière qui passe au loin dans la baie de Rio.

— Oui. Avec vous depuis vingt minutes.

— Je veux dire : sentimentalement parlant.

— Vous me draguez, Léo ?

Si un jour on vous pose cette question, ne répondez jamais « non ». Si on vous pose cette question, c'est que vous êtes en flagrant délit de drague.

Là, en l'occurrence, Léo répond :

— Non. Je me demandais si vous étiez avec quelqu'un.

— Pourquoi ?

— Pourquoi, quoi ?

— Pourquoi ça vous intéresse ?

— Non, vous avez évoqué le couple et je me demandais si vous l'étiez. En couple.

La femme laisse passer quelques secondes.

— Ça n'a pas d'importance.

— Quoi ? Le couple ? Ou que vous soyez en couple ?

— Les deux.

Léo se trouble. Une question lui titille l'esprit :

— Vous êtes contre la notion de couple ?

— Je ne suis contre rien. Deux personnes qui se rencontrent ne sont pas obligées de former un couple. Elles restent deux personnes à part entière. Elles vont se voir plus souvent. Partager. Construire. Faire ce qu'elles veulent. Mais pourquoi appeler ça un couple ? On peut s'aimer sans forcément nommer ce que l'on vit. Les gens passent plus de temps à définir ce qu'ils vivent plutôt qu'à le vivre. Vivons. Et parlons moins.

Léo la regarde. C'est la première fois qu'il la voit enchaîner plus de deux phrases. Son flegme a laissé place à un petit emballement. Sans s'en rendre compte, elle s'est laissé porter par la discussion. Comme une joueuse de tennis qui monte au filet. Pour écourter l'échange ou pour le varier.

Léo choisit de prolonger le jeu :

— Et donc ?

— Et donc, quoi ?

— Vous êtes en couple ou pas ?

— Après ce que je vous ai dit, vous en concluez quoi ?

— Que vous ne l'êtes pas.

Elle soupire.

— Vous perdez votre temps, Léo.

— Avec vous ?

— Non. Avec vous.

« Passing-shot » de revers. Léo ne l'a pas vu venir. Le coup est parti tellement vite. La balle s'est écrasée à deux mètres de lui. Il n'a rien pu faire.

Léo se redresse doucement. Un peu sonné.

À l'écran, on peut lire :

— *Ça va, Léo ?*

Léo sourit.

— Comme un navigateur qui vient de se prendre un méga vent.

Entre le tennis et la navigation, il y a le filet en commun.

Une nouvelle phrase s'inscrit :

— *Tu es certain ?*

Léo réfléchit puis répond à l'écran :

— Non.

Il laisse passer un léger quelques secondes. Puis enchaîne :

— La seule chose dont je suis certain, c'est que tout est bloqué dans ma vie. Rien n'avance. Je suis ensablé. Ça fait longtemps que je fais du surplace.

L'écran réplique :

— *Tu as pourtant fait le tour de la salle à cloche-pied ?*

Léo pouffe.

— Je ne suis pas sûr que je vais résoudre tous mes problèmes en sautant à cloche-pied.

L'écran affiche alors :

— *Fais un tour à cloche-pied à chaque fois que tu auras le sentiment de faire du surplace.*

La phrase fait « tilt » dans la tête de Léo. Une sorte d'extra-balle. Mais il ne veut rien en laisser paraître.

— Génial. Je suis au resto avec ma nana, on s'ennuie, on ne se parle plus. Et là, je me lève et badaboum, je fais le tour de la salle du resto à cloche-pied.

L'écran affiche :

— *Oui.*

— Super. Au mieux, je passe pour un dingue. Au pire, elle se barre.

Une autre phrase s'inscrit :
— *Tu es certain, Léo ?*

Sans se rendre compte que ce qui lui paraissait bizarre au début est tout à fait naturel pour lui maintenant. Il converse avec un écran comme il pourrait le faire avec une personne.
— Disons que j'ai des fortes suspicions.
— *Sois-en certain, Léo.*
Léo réfléchit puis acquiesce.
— OK, j'en suis certain.
— *Sois certain, Léo.*
— OK. Admettons que je fasse le tour de ce resto sur un pied parce que je m'ennuie avec ma compagne, il se passe quoi ?
— *Tu verras bien, Léo.*

Léo s'impatiente.
L'écran affiche une seconde phrase.
— *Mais sois certain, Léo.*
Léo s'emporte.
— Mais que je sois certain de quoi, bordel ? Que je l'aime ? Je ne sais pas. Que je veuille encore être avec elle ? Je ne sais pas. Je ne sais rien de rien ! Vous comprenez ça ?

L'écran n'affiche rien.

Léo regrette son emportement.

— Désolé. Je suis au taquet en ce moment…

— *Si tu étais certain, tu ne te poserais pas de question, Léo.*

À la lecture de cette nouvelle phrase, Léo ne sait plus trop quoi dire. Il a beau être champion toutes catégories de mauvaise foi en salle. Là… Force est de reconnaître qu'elle tombe sous le sens. Lequel ? Il n'en sait rien. Mais du sens, oui.

La voix d'amande douce de sa voisine lui parvient :

— Généralement, on sait. Mais on refuse de l'admettre. Nous avons tous les solutions sous nos yeux. Elles sont sûrement dures à prendre, mais elles sont là.

Renfrogné, Léo tente une réponse :

— Admettons. Mais je peux me tromper. Être dans une période de ma vie où je remets tout en question. Et là, en sortant de cette salle, je vais appeler ma nana. Lui dire qu'il faut qu'on se voie. Et là, je lui dirais : « Hélène, je ne t'aime plus. Séparons-nous. »

Il laisse passer un silence sur le passage piéton puis enchaîne :

— Je ne suis pas certain.

L'écran affiche :

— *Tu es certain, Léo.*

— Qu'est-ce qui vous fait croire ça ?

— *Toi.*

— Moi, je vous fais croire ça ?

Il sourit.

— Comment je peux être aussi convaincant alors que je ne le suis pas du tout pour moi-même ?

Léo entend le bruit que fait sa voisine en se levant. Un léger frottement accompagné d'une légère respiration du siège sur lequel elle était assise.

Elle passe devant lui sans lui accorder un regard alors que lui ne la quitte pas des yeux.

Puis elle s'assoit à ses côtés.

— Je peux ?

Léo est amusé. C'est la première fois qu'il la voit si près. Elle a un visage qui ne s'arrête jamais d'être beau. Aucune pause dans sa grâce.

Sentant que sa réponse tarde, il répond.

— Je vous en prie.

Elle le regarde avant de lui dire :

— Vous êtes convaincu. Mais vous ne l'acceptez pas. Nous sommes ainsi faits. Nous nous compliquons la vie depuis notre naissance. La vérité est simple. Seulement, on fait tout pour ne pas la voir.

Léo, soudain désarçonné, réplique avec un ton presque enfantin.

— Pourquoi ?

— Par peur. Par peur d'avoir mal. De faire du mal. Mais la peur n'existe pas.

Léo remonte à cheval (ceci est une métaphore, car il n'y a pas de cheval dans la salle. Des anges, oui. Mais pas de cheval. Ou alors, il est bien planqué).

— Bien sûr que si, elle existe. Là, par exemple, vous me faites un peu peur.

Elle sourit.

— Parce que je me suis rapprochée de vous. Mais je ne vous fais pas réellement peur. Vous vous la fabriquez. On a peur du vide par crainte de tomber. Mais pourquoi tomberait-on ? Vous savez que si vous tombez, vous risquez votre vie. Alors pourquoi tomberait-on ?

Léo commence à comprendre ce vers quoi elle veut l'emmener. Mais il veut en savoir plus.

— Oui, mais c'est normal d'avoir peur. Tout le monde a peur. La peur protège.

— La peur rend vulnérable. C'est différent. Il est normal de ne pas sauter en parachute sans parachute. Il est normal de ne pas plonger dans une piscine vide. Mais ça n'a rien à voir avec la peur. Ce sont des évidences qui nous maintiennent en vie. Mais pourquoi craindre de sauter en parachute avec un parachute ? Pourquoi avoir peur de sauter du haut d'un plongeoir dans une piscine pleine ? Pourquoi avoir peur de parler ? Vous risquez la mort en parlant ? Non. On a tous un instinct de protection. Il est inné. Mais la peur, on n'en a pas besoin.

— Et donc ?

— Dites ce que vous avez à dire à votre compagne, à votre fille, à votre patron. N'ayez pas peur.

Léo marque une petite pause avant d'enchaîner :

— Admettons. Pour en revenir à ma compagne et à ce fameux dîner où je m'emmerde, si je lui dis la vérité, je risque de la blesser en lui disant des choses qu'elle ne veut pas entendre.

Le visage de sa voisine s'éclaire.

— Vous voyez, vous avez trouvé la réponse ! Toutes les réponses sont en vous.

Léo fait un petit plongeon dans un lac de perplexité. L'eau y est fraîche, ce qui le rend encore plus circonspect.

— Laquelle de réponse ?

— Vous avez dit : « Elle ne veut pas entendre ». Si elle ne veut pas entendre, c'est de sa responsabilité : pas de la vôtre. C'est à elle de trouver sa solution. Pas à vous.

Léo, encore sous le froid de sa baignade inattendue, s'ébouriffe.

— Oui, mais si je ne l'aime plus. Et qu'elle m'aime encore. C'est moi qui suis responsable.

Sa voisine lui tend une serviette (c'est toujours une métaphore. Il n'y a pas plus de serviettes que de cheval dans cette salle de cinéma).

— Responsable de quoi ? De ne plus l'aimer ? Ce n'est pas une faute de ne plus aimer quelqu'un. Et vous, êtes-vous certain qu'elle vous aime ? Peut-être que vous allez la soulager en lui annonçant cela.

— Ou la blesser à vie.

Le visage de la jeune femme s'assombrit. Le souvenir d'un instant pénible ?

— Ce n'est pas une faute de ne plus aimer. Dire la vérité n'est jamais une erreur.

Léo marque à nouveau une pause. Il a l'habitude pourtant d'argumenter. Mais là, il est surpris par la justesse des propos de cette femme. Elle n'a pourtant aucune raison d'essayer de le convaincre. Ils ne se connaissent pas. Ils ne se verront sans doute plus jamais. Mais à cet instant, cet écran, elle. Ils sont dans le vrai.

* * *

— Tout dépend comment on la formule, cette vérité.

Léo laisse partir cette phrase comme un enfant pousse sa voiture miniature. Sans savoir où elle va arriver.

— C'est vrai. Mais même mal dite la vérité prévaut toujours sur le mensonge. Je ne dis pas que c'est mal de mentir. Je dis que c'est mal de se mentir. C'est différent.

Fin de l'échange. Elle se tourne vers l'écran.

Léo s'attarde sur son profil. L'arête de son nez aurait fait une parfaite piste de saut à ski. Une pente abrupte qui se termine par un léger tremplin. Les gens de profil ne sont jamais les mêmes que de face. Le profil libère une intimité. Tout comme une nuque révèle des secrets.

— Dans quoi je suis tombé… soupire Léo.

— Là où vous l'avez souhaité, répond la jeune femme sans le regarder.

— Je n'ai rien demandé. Simplement faire une pause.

— C'est bien ce que je dis. C'est une pause voulue par vous. Je peux vous raconter quelque chose ?

— Je vous écoute.

Elle laisse passer quelques secondes avant d'enchaîner :

— Au-dessus de ma cafetière, j'ai placé une bonbonnière que j'utilise comme bocal à dosettes à café. Oui, je sais, c'est mal d'utiliser des dosettes à café, mais tant que ma cafetière fonctionne, je la garde. J'ai un lien particulier avec cette machine. Elle m'a été offerte par ma mère et comme ma mère n'est plus… bref. Je n'avais pas remarqué que cette bonbonnière avait deux parties planes. La première se situe à l'opposé de son ouverture pour une utilisation à la verticale. Classique. Ce qui m'oblige à plonger ma main par le haut. Ce n'est pas pratique étant donné que le bocal est placé au-dessus de la machine à café. Et puis, j'ai découvert un matin une seconde partie plane. Située à côté de la première mais qui permet une utilisation bien plus pratique du bocal. L'ouverture n'est plus vers le haut mais vers moi. Désormais, je peux boire autant de café que je veux sans me déboîter l'épaule. Eh bien, croyez-le ou non, cette découverte a changé ma vie. Ne souriez pas.

Elle le voit sourire.

— Non, je n'exagère pas. Cette bonbonnière est une parfaite métaphore de ce qu'est la vie. La solution est là, mais vous ne la voyez pas. Cette seconde partie plane existe depuis toujours, mais je ne l'avais pas remarquée. Pourquoi ? Je ne sais pas. Manque d'attention. L'habitude. La flemme. Eh bien, grâce à cette bonbonnière, ma perception du monde n'est plus la même. Il suffit d'un tout petit mouvement pour déclencher un grand bouleversement. C'est ce qui m'est arrivé. La solution était sous mes yeux.

Un silence s'installe.

Léo se gratte la barbe.

— C'est étrange.

— Quoi, donc ?

— Votre histoire.

— Pourquoi ?

Léo inspire profondément.

— Parce qu'il m'est arrivé exactement la même chose il y a quelques jours.

Elle, surprise :

— Vraiment ?

— Vraiment.

— Et ça a changé votre vie ?

— Non. Ça m'a amusé de le découvrir. Rien de plus.

Elle se redresse légèrement dans son fauteuil.

— Vous pensez que je vous espionne ?

Léo pouffe une première fois. Puis une deuxième fois. Il *pouf-pouf* en quelque sorte.

— Je ne sais pas. Mais une chose est certaine, c'est que vous me donnez le sentiment d'être dans ma tête.

Les deux se regardent comme dans un effet de miroir.

L'écran affiche :

— *Action, Léo.*

LE CLEANER

Je suis « cleaner » depuis bientôt neuf ans maintenant. « Cleaner », ça vient des États-Unis. Chez nous, on appelle ça : « nettoyeur après décès ».

Interview de Léo D. accordée au Courrier vendéen, le 18 novembre 2021.

Léo D. « Je suis installé à La Roche-sur-Yon depuis une vingtaine d'années. Avant de gérer cette entreprise de nettoyage « particulière », j'étais dans l'entretien des piscines. La société s'appelait « Ma Pool », ça marchait pas mal mais à la disparition du propriétaire, je n'avais pas les moyens de reprendre la boîte, alors on a déposé le bilan et je me suis retrouvé sans emploi. À la suite de ça, j'ai enchaîné plusieurs intérims dans le nettoyage et l'entretien. Jusqu'au jour où j'ai rencontré mon actuel patron, Samuel F., qui dirigeait cette entreprise, NOE (Nettoyage organique express), dont la spécialité est le nettoyage des scènes de crimes et de suicides.

À l'époque, mon boss voulait prendre un peu de recul et cherchait un gérant. J'avais fait ça dans mon précédent métier. C'était aussi dans l'entretien. J'étais qualifié. Alors, j'ai été embauché. Depuis, je gère NOE. On n'intervient pas seulement dans la région vendéenne, mais sur l'ensemble du territoire. On a développé chez NOE un ensemble de compétences qui nous permettent d'intervenir tant sur des scènes de crimes que sur des morts naturelles, mais également des suicides. Nous sommes chargés de récupérer des lieux souillés par la décomposition des corps afin de les remettre en état. Il faut savoir qu'un macchabée libère au bout d'un certain temps des fluides qui vont contaminer l'environnement dans lequel le corps a été retrouvé. Notre entreprise est alors appelée pour nettoyer puis décontaminer les endroits incriminés.

Nous intervenons également sur des maisons ou des appartements occupés par des "Diogène" ou des "Noé", des personnes frappées des syndromes d'accumulation des objets ou des animaux vivants. »

➔ Avez-vous le sentiment de faire un métier comme un autre ?

L. D. « Non. C'est certain que non. Même si nous sommes aguerris, ça reste un métier à part. Quand nous arrivons sur un site de mort violente ou de mort naturelle, il y a toujours une histoire différente derrière cette scène. Et ça, on y est toujours sensible. C'est aussi la raison pour laquelle nous travaillons en équipe. En cas de défaillance de l'un de nous.

Il nous arrive fréquemment de rencontrer des membres de la famille qui sont dans la douleur. Ce n'est jamais facile de voir débarquer des hommes en combinaison blanche, masqués, gantés et bardés de machines : c'est impressionnant pour les proches. Voire violent. Nos tenues sont déshumanisantes. On ne peut pas voir nos visages. Généralement, nous portons des lunettes en plus des masques de protection. C'est comme dans les films catastrophes. Mais, nous, c'est notre réalité. On est là pour nettoyer l'intolérable. Effacer l'horreur. »

➔ Justement, cette horreur, est-ce qu'on s'y habitue ?

L. D. « On est forcé de s'y habituer sinon on ne pourrait pas tenir. Même si on est toujours surpris par l'odeur. La putréfaction d'un corps, c'est épouvantable ce que ça dégage comme odeur. Alors, évidemment, on a des masques qui filtrent, mais ça n'empêche pas. Le pire, c'est en fin de journée, quand on a beau avoir jeté nos combinaisons, s'être douché au savon détergent, et qu'on a le sentiment que notre corps est encore imprégné de cette odeur nauséabonde. Et qu'elle nous poursuit jusqu'à la maison.»

➔ Comment a réagi votre famille depuis que vous faites ce métier ?

L. D. « C'est pas facile. Ma précédente compagne, avec qui j'ai eu une fille, a fini par me quitter parce qu'elle me disait que ça la dérangeait que je fasse ce métier. Elle me disait que je puais la mort.

Mais moi, je gagnais bien ma vie et je ne pouvais pas me permettre de moins bien la gagner au vu du train de vie que nous avions. L'emprunt (suite à l'achat d'une maison neuve), plus la voiture, plus tout le reste. Alors elle est partie en prenant ma fille sous le bras. Et depuis, nous entretenons de mauvais rapports avec mon ex. Et ma fille ne me parle plus. C'est difficile, oui.

Heureusement, depuis, j'ai rencontré une femme, mon actuelle compagne. Ce n'est pas facile tous les jours, mais elle au moins accepte mon métier. J'évite de parler boulot à la maison, mais c'est vrai que parfois elle me récupère dans un sale état. On se sent jamais très bien après avoir aspergé un salon entier de produit pour gélifier le sang coagulé pour après le racler et l'aspirer. Sans compter qu'il faut parfois éliminer les larves et les coques présentes. Il nous arrive fréquemment de démonter des lames de plancher pour être certains qu'il ne reste pas de matière organique dans les interstices. Quand vous rentrez chez vous le soir, tout ça est encore dans votre tête. Et ça, votre compagne le sent. Et ce n'est pas simple. »

➔ Vous en parlez avec elle ?

L. D. « Bien sûr. Mais on ne peut pas parler que de ça. Sinon, c'est trop lourd. Alors, on parle d'autre chose. Mais c'est vrai que souvent ça me rattrape. »

➔ Quand on côtoie la mort d'aussi près, est-ce qu'on en a peur ?

L. D. « Je passe après la mort, vous savez. Je fais le service "après-vente" si je peux m'exprimer comme ça. Je n'ai jamais craint de mourir. Non pas que je croie en une vie après la mort ou en un paradis ou un enfer. Non, c'est comme ça. La mort n'est pas une préoccupation pour moi. Dans mon équipe, il y a de tout. Des croyants musulmans et catholiques, des non-croyants, des athées. On n'évoque pas vraiment le sujet au travail. Même si parfois, il nous arrive d'être confrontés à des phénomènes qu'on ne s'explique pas. Des portes qui claquent sans raison. Des lumières qui se mettent à grésiller. Des odeurs de parfum qui viennent de nulle part. Des phénomènes bizarres. Personnellement, je ne crois pas au surnaturel, au paranormal et à tout le reste. Donc je ne cherche pas à comprendre. Mais j'ai des gars qui se posent des questions. Moi, c'est pas mon truc. Je suis un cartésien. »

→ Vous comptez continuer à faire ce métier encore longtemps ?

L. D. « Franchement, je ne sais pas. C'est pas le travail qui manque. Avec l'épidémie de Covid, on a eu un surcroît de décès dans la région. Plus les interventions d'assainissement et de décontamination des lieux de travail. Plus les suicides qui se sont multipliés du fait de l'isolement. Plus notre société qui génère de plus en plus de solitude. C'est terrible à dire, mais la mort est un travail d'avenir. »

Action

— *Action, Léo.*
— C'est-à-dire ? demande Léo.

L'inscription s'efface, laissant l'écran noir. Quelques secondes passent.
— Vous voulez que je refasse le tour de la salle à cloche-pied ? interroge Léo.
L'écran affiche :
— *Prends seul une décision et applique-la.*
Léo marque une pause.
— Une décision ? Mais quelle décision ?

Une nouvelle phrase s'inscrit :
— *« Rien ne me rend heureux. Ma vie sentimentale est une catastrophe. Mon boulot m'emmerde. Je ne parle plus à ma fille depuis quatre ans. »*
Léo reconnaît ces mots : ce sont les siens.

— *Prends une décision, Léo.*

Léo laisse glisser quelques secondes. Il cherche une réponse qui serait moins terre à terre que ce qu'il a pu dire précédemment. Pourtant…

— Mais laquelle ?

Rien de plus pertinent ne lui est venu.

— *La plus évidente, Léo.*

— Si elle avait été évidente, je l'aurais déjà prise, non ?

Il pivote vers sa voisine pour obtenir une réponse d'elle.

Elle lui répond du tac au tac comme si elle s'attendait à cette question.

— Non. Nous en avons déjà parlé. L'homme se complique la vie depuis sa naissance. Prendre une décision est une chose simple. Choisir laquelle est plus compliqué. Je suis certaine que si vous prenez le temps, la réponse sera évidente.

— Vous vous appelez comment ?

Elle le regarde.

— Pardon ?

— Votre prénom. Vous avez bien un prénom, non ?

— Oui.

— Quel est-il ?
— Pourquoi je vous donnerais mon prénom ?
— Pourquoi pas ?
— Je vous le donnerai après que vous aurez pris une décision.
— Ah d'accord… C'est du chantage.
Souriante.
— Un petit chantage.
Elle se retourne vers l'écran.

Léo garde le silence.
— Vous pensez réellement que les choses se passent comme ça ?
— Quoi donc ?
— Que ce soit si simple.
— Oui. Je pense que tout est simple. Décider d'être heureux est une chose simple. Décider de profiter de chaque instant est une chose simple.
Léo sourit.
— Qu'est-ce qui vous fait sourire ?
— « Profiter de chaque instant ». Cette phrase.
— Vous la trouvez bateau ?
— Bateau. Voire « paquebot » ou « navire marchand ». C'est la rengaine du moment, l'instant présent. Soyez dans le moment. C'est des propos de prof de yoga, ça.
— Vous trouvez ça cliché ?

— Très à la mode, oui.

— Ce n'est pas parce qu'un sujet est à la mode qu'il faut le décrédibiliser. Et puis, à la mode pour qui ? Pour le milieu qui vous entoure ?

— Le milieu ne m'entoure jamais.

Elle s'interrompt.

— C'est bien. L'humour revient. C'est bon signe.

— Vous pensez que c'est aussi simple que ça ?

— Quoi donc ?

— La réalité est tout autre. Et vous le savez pertinemment. C'est pas simple de payer ses factures quand on est au SMIC. C'est pas simple de profiter de chaque instant quand on doit se lever à 4 heures du matin pour faire deux heures de trajet, tout ça pour gagner un salaire de misère. Rien n'est simple !

Elle enlève un cheveu perdu sur son pull vert avant de répondre :

— Pour beaucoup, le quotidien est compliqué. J'essaie de proposer une autre façon d'envisager la vie. Rentrer dans les cas particuliers dissipe le propos.

Léo se lève et étire son dos.

— Les cas particuliers sont pourtant réels.

— Vous avez mal au dos ?

— Une hernie discale. J'ai du mal à rester assis longtemps. Je ferais un très mauvais DJ.

— Je ne comprends pas ?

— Hernie discale. Disque. Disque-jockey. DJ. Rien de pire que d'expliquer une blague.

Elle sourit poliment, puis poursuit son propos :

— Cela ne m'empêche pas de réfléchir à un autre modèle. Le monde de l'automobile passe du thermique à l'électrique parce qu'il ne correspond plus au monde d'aujourd'hui. Pourquoi ne pas passer à un nouveau modèle de vie ? Plus juste et plus simple ?

Il se penche en avant pour dissiper la douleur. Elle sourit.

— Vous devriez faire du yoga.

Léo rit.

Quand Léo rit, c'est un tout autre homme. Il perd immédiatement dix ans. Son sourire blanc efface en un instant les marques de son anxiété.

— Ça m'ennuie terriblement, le yoga. Ça ne va pas assez vite.

Elle éclate de rire à son tour.

— C'est pas le principe.

— Non, mais ce qui me saoule encore plus, c'est tout ce qui accompagne le yoga. Le tapis de sol. La gourde en alu. L'attitude zen. Pourquoi on ne pourrait pas venir en pyjama avec une canette de bière ? Non. C'est du yoga donc il te faut la tenue appropriée. C'est comme le ski. Si t'as pas le pantalon North Face avec la parka Ellesse et le casque Salomon, tu ne sais pas skier. Pareil pour la course à pied, le golf ou le tennis. La tenue fait le sportif.

Il se rassoit.

— Désolé pour la digression.

Elle prend une longue respiration. Puis lui tend la main.

— Je m'appelle Théa.

Il lui serre la main.

— Enchanté, Théa.

— Enchantée.

— Vous m'avez donné votre prénom avant que je prenne une décision.

— Vous en avez pris une.

— Laquelle ?

— Vous avez ri. C'est un bon début.

— Ce n'était pas une décision.

— Vous vous êtes laissé aller. C'est une décision.

PROCÈS-VERBAL
d'audition d'enfant

Affaire : Julie. L

C/Léo B.

RG : n° 17/54096

L'an deux mille dix-sept le douze juin
a comparu devant nous
Mme Virginie T., conseillère,
B. Zoé
assistée de Maître François G.,
désigné par l'antenne des mineurs,

Après lui avoir indiqué que sa comparution devant nous faisait suite à sa demande d'audition par un magistrat de la cour, Zoé, née le 12 février 2007, âgée de dix ans, nous a déclaré :

— Mon père était souvent énervé quand il rentrait du travail. Il se mettait facilement en colère contre ma mère. Et contre moi aussi si je n'obéissais pas.

Il se disputait souvent avec ma mère. Je les entendais depuis ma chambre.
Mon père ne m'a jamais donné une claque. Même s'il s'énervait facilement à la maison, il n'a jamais été méchant contre moi.
Un jour, mon père s'est fâché contre une personne en voiture qui ne s'était pas arrêtée pour nous laisser passer. La voiture est passée à toute vitesse devant nous. Mon père a couru derrière la voiture en criant. Il m'a fait un peu peur.
Le samedi ou le dimanche, on faisait des sorties au cinéma et j'aimais bien ça. C'était surtout avec mon père. On s'amusait bien.
Quand mes parents se sont séparés, je ne voulais plus aller chez mon père, car je ne me sentais pas bien. J'avais peur qu'il me gronde. Je me sentais mieux chez ma mère.
Même si on passe ensemble des bons moments dans la journée, je préfère dormir chez ma mère le soir.
Depuis, je préfère être avec ma mère. Même si je sais que ça fait de la peine à mon père. Je préfère rester chez moi et ne plus voir mon père. Car ça a fait de la peine à ma mère. Peut-être que quand je serai plus grande, je pourrai revoir mon père. Mais là, je préfère ne voir que ma mère.
Même pendant les vacances, je préfère rester avec ma mère. On part souvent dans des endroits où on peut se baigner ou s'amuser. Avec mon père, on est partis une fois en Grèce, mais ma mère me

manquait beaucoup. Alors j'ai demandé de ne plus partir avec mon père.
J'aime mon père. Mais je préfère ne pas le voir maintenant. Je suis plus tranquille avec ma mère.

Zoé a été informée que la décision la concernant serait prise par trois magistrats et que son avis n'était pas déterminant.

Madame Virginie T.

Lettre de Léo à sa mère à 8 ans.

Maman. Je suis bien arrivé à Fort-Mahon. Le voyage en car était super. On a bien rigolé avec Christophe quand David a vomi. Après ça sentait pas bon. Mais c'était drôle quand même.

Le centre est très grand. On est à 4 par chambre. Sauf la nôtre où on est 2. Madame Wasselin est très gentille avec nous. Elle n'est pas pareille qu'à l'école. En classe, elle est gentille aussi, mais là, elle est très gentille. Surtout hier soir. Y en avait beaucoup qui pleuraient parce qu'ils voulaient rentrer chez eux pour voir leurs parents. Moi ça allait, même si j'avais un peu envie de pleurer aussi. Mais je n'ai pas pleuré

J'ai oublié de te dire que le sandwich que tu m'avais préparé pour le voyage, eh ben tu avais oublié de mettre du jambon. Il n'y avait que du beurre. Mais c'était bon quand même.

Ah ! J'ai oublié de te dire aussi qu'au départ du car, tous les parents étaient là. Sauf Papa et toi. La maîtresse m'a demandé pourquoi vous n'étiez pas là et j'ai répondu que c'était prévu comme ça et que, comme on habite pas loin de l'école, je pouvais venir à pied. Donc tout va bien.

Tu pourrais m'envoyer un peu d'argent de poche ? Ici, tous les enfants peuvent s'acheter des choses dans les boutiques sauf moi. Je pense que 5 francs, ça serait super.

Si vous voulez m'envoyer du courrier, c'est facile. L'adresse, c'est : centre Paul-Louis Estienne, Fort-Mahon-Plage 80790. La dernière fois, je n'avais pas reçu vos lettres, car je pense que vous les avez envoyées trop tard. Je rentre le 12 juin.

N'oubliez pas de me laisser la clé dans le pot.

Je te fais des bisous.
Léo.

PS. Vous avez retrouvé le chien ?

Le plongeon

Une phrase s'affiche à l'écran :

— *Prends une autre décision et je te révélerai un second secret.*

Depuis le début de cette « expérience », il freine. La peur ? Sans doute. C'est curieux pour un mec qui ramasse des morts toute la journée. Mais chez Léo, la peur s'est toujours nichée ailleurs. Dans les recoins du quotidien. Pas sur le terrain. Il a davantage peur de rater le passage du camion poubelle que de se retrouver dans une maison aux murs criblés de cervelle. Il a plus peur de demander son chemin dans la rue que de mettre un bras dans un sac plastique. Et ça a toujours été le cas. Bien avant qu'il ne fasse ce métier bizarre, Léo avait des peurs anodines. À l'école, il était la risée de sa classe parce qu'il avait une trouille bleue d'arriver en retard en classe. Ce qui fait qu'il était toujours là avant tout le monde. Bien avant tout le monde. Un jour, il s'est pointé devant l'école à 6 heures du mat'. La crainte de mal faire. La peur d'être différent.

En revanche, là où normalement le commun des mortels aurait eu le *trouillo* à moins vingt, Léo fonçait. Un jour, il était monté sur un toit pour récupérer un ballon. Il devait avoir dans les 7 ans. C'était la maison de son copain Pilou. Un mercredi après-midi de décembre. Ça pelait bien. La toiture était glissante. Le ballon s'était niché derrière une cheminée. Eh ben, voilà Léo qui ouvre la petite lucarne qui donne sur le toit, qui grimpe à la courte échelle, qui vire ses chaussures pour ne pas déraper et qui se met à crapahuter sur le toit glissant ! C'était risqué, d'autant que c'était une maison à trois étages et donc à une hauteur de plus de vingt mètres. Non, pour Léo, ce n'était pas là que se logeait le danger. Il n'avait pas peur du vide : il avait peur du rien.

Et là, dans cette salle de cinéma, depuis le début, il ne comprend rien à ce qui se passe. Il est rentré sans savoir ce qu'il allait voir. Il s'est assis. Une femme est entrée. Et là a commencé le grand « nawak ». Un écran qui lui parle. Lui qui se met à faire le tour de la salle à cloche-pied. Un coup de grisou pour cette femme qui vient de nulle part. Mais bon ça, il essaie de ne pas trop lui montrer, même si c'est visible comme un nez au milieu d'une botte de foin. Eh oui, c'est évident. Quand un homme vous demande votre âge ou votre prénom dix minutes après le début d'une conversation, c'est que vous l'intriguez. Il a besoin d'en savoir plus. D'accumuler des indices. De donner une raison à son attirance. Ce qui est complètement con. Si une femme vous plaît, en quoi le fait qu'elle s'appelle Anastasia ou Myrtille va changer quelque chose ? Pareil pour l'âge : cette femme n'a clairement pas 22 ans. Quoi d'autre ?

Qui est cette femme ? Pourquoi va-t-elle seule au cinéma ? A-t-elle quelqu'un dans sa vie ? Est-elle fâchée pour être venue seule ? Les mecs sont généralement attirés par les femmes qui fréquentent l'inhabituel. Qui s'affranchissent. Ça aussi, c'est con. Pourquoi auraient-elles une raison de venir seule au cinéma si ce n'est le besoin d'aller seule au cinéma ? On a beau se dire totalement ouvert à la cause féministe, les anciens schémas ont la peau dure. Ce n'est pas parce qu'une femme est seule qu'elle est seule, triste ou malheureuse.

Dans le cas de Théa, ce n'est pas vraiment le fait qu'elle soit seule qui l'attire : c'est plus son côté énigmatique. Venue d'ailleurs. Évidemment qu'elle est belle avec ses cheveux noirs qui scintillent comme des étoiles filantes. Et puis cette bouche qui ne s'ouvre que pour dire des mots bleus. Mais au-delà de ça. Elle est au-delà. Elle a le charme des personnes qui déboulent quand tout va mal dans ta vie. Si on est capable de tomber amoureux à un enterrement, c'est parce qu'on a le toit du cœur à ciel ouvert. On n'est pas fragilisé. On n'est plus à découvert. Les émotions nous atteignent sans filtre.

Et là, le Léo, en entrant dans cette salle, son toit ouvrant n'avait pas eu le temps de se replier et il avait pris la pluie. Mouillé, il s'est réfugié dans cette salle. Trempé, il est tombé sur cette femme parapluie. Paratonnerre. Parachute. Même si Léo a totalement conscience qu'il n'ira jamais plus loin avec elle que jusqu'aux portes battantes de la sortie de secours. Pour l'instant, elle est là. Et il aime qu'elle soit là.

C'est sûrement grâce à elle, d'ailleurs, qu'il n'a plus cette appréhension qui ne le quittait pas depuis le début. Cela dit, quand un écran s'adresse à vous par votre prénom et vous pousse à faire des choses bizarres, ce n'est pas vraiment anormal d'appréhender.

L'écran affiche de nouveau la phrase :

— *Prends une autre décision et je te révélerai un second secret.*

Léo se laisse le temps de réfléchir.

— J'ai besoin de souffler.

Le questionnaire

Une nouvelle phrase s'inscrit à l'écran :

— *Quand as-tu ri pour la dernière fois ?*

Léo plonge dans ses pensées quelques secondes. Bizarrement, il n'en a aucun souvenir. Cela dit, c'est normal. On se souvient rarement de son dernier rire. D'un fou rire à la rigueur. Mais d'un rire… Il se souvient évidemment qu'il a ri à l'instant, mais là ça ne compte pas. Sinon, c'était quand son dernier rire ? En tombant sur une vidéo de petit chat qui se casse la gueule sur Insta ? Lors d'un dîner avec ses potes du dimanche soir ?

Pas au boulot. Non, certainement pas. Et encore. Quand la mort rôde, l'exutoire passe par le rire, la blague, la distorsion de la réalité. Mais là, non. Ça fait longtemps qu'il n'a pas ri au taf.

— Ça ne me vient pas à l'esprit.

Une nouvelle phrase s'inscrit :

— *J'ai des questions.*

— Je suis prêt.

— *Réponds rapidement. Sans réfléchir. Si tu n'as pas de réponse, dis-le.*

— Ça me va.

Il lui sourit.

— Le jeu continue.

— Le «je», c'est vous, glisse Théa.

Léo répond par un sourire qui pourrait se situer entre le «j'ai pas compris» et le «j'ai mal entendu». Mais clairement positionné sur le «je vais lui faire croire que j'ai bien chopé l'allusion sinon je vais passer pour un abruti».

— *Quand as-tu pleuré pour la dernière fois ?*

Zélé, Léo tente une réponse rapide. Mais ça le stresse. Il se lance :

— C'était le jour où le cadeau d'anniversaire que j'avais envoyé à ma fille m'est revenu par la poste.

— *Quand t'es-tu senti coupable pour la dernière fois ?*

Léo se passe la main sur le visage.

— Coupable, coupable… Quand je me suis senti coupable récemment ? Ça va être simple :

je me sens coupable quarante fois par jour. Dans le métro ce matin, j'ai été mal parce que je n'ai pas laissé passer une dame devant moi. Parce que je n'ai pas donné ma place à une personne âgée. Parce que j'ai écrasé les pieds d'un mec sans m'excuser. Parce que je n'ai pas dit merci à quelqu'un qui me tenait la porte. C'est permanent… Mais ma culpabilité la plus récente, c'était tout à l'heure, en décidant de rentrer dans cette salle. De me prendre deux heures. Pour souffler. Là, oui. Je me suis senti coupable.

— *Quand as-tu eu peur pour la dernière fois ?*

— Ça, c'est facile. C'était au boulot, il y a deux semaines. J'ai glissé dans une mare de sang. En tombant, mon masque s'est relevé et j'ai aspiré à pleins poumons cette odeur de sang séché mêlé au produit qu'on asperge pour le liquéfier. J'ai paniqué. Je me suis relevé tant bien que mal. Je me suis précipité dehors et j'ai arraché ma combinaison. Une peur irraisonnée.

Il laisse passer quelques secondes. Puis reprend :

— Mais j'ai aussi eu la frousse récemment d'arriver en retard à un rendez-vous. Je déteste arriver en retard quelque part. Ça, ça peut me faire péter une durite. Dernièrement, j'ai eu peur que mon ticket de métro se démagnétise également. Je ne sais pas pourquoi, mais tous mes tickets de métro « buggent » quand je les passe dans la machine. Et pourtant, ils sont neufs ! Eh ben… Ça peut me faire flipper sur tout le trajet en train qui va m'emmener à Paris. Le pire, c'est que je ne suis pas quelqu'un de peureux. Tu peux me faire descendre autant de fois que tu veux dans la cave dans une maison hantée, ça ne me fera ni chaud ni froid.

— *Quand t'es-tu senti en vie pour la dernière fois ?*

— Je ne sais pas. Ça fait longtemps en tout cas.

— *Quand t'es-tu senti libre pour la dernière fois ?*

— Libre ? Libre de quoi ? De faire ce que je veux ? Ou libre avec ma femme ? Libre de quoi ?

Aucune précision ne s'affiche à l'écran.

— C'est une question qui va de pair avec la précédente. J'imagine que celui qui se sent en vie doit se sentir libre… J'ai le sentiment que plus on avance en âge et moins on se sent libre. La pression du quotidien, les enfants, l'âge, l'entourage, la famille… Tout ça se ligue pour t'enfermer. Moi, je ne me sens libre de rien. Sinon, je passerais mes journées à dessiner. À me lever tard. À bouffer des oursons au chocolat. À me promener à poil.

Mais… quand j'ai décidé d'entrer dans cette salle, j'ai eu un léger sentiment de liberté. Tiens, je vais m'accorder ça. Pourquoi pas ? C'est pas compliqué.

Un silence. Puis un deuxième qui ressemble au premier. Puis un dernier qui suit les deux autres.

— Moi si j'étais libre, je me trouverais une baraque sur pilotis au bord d'un lac. Avec un ponton. Et sur ce ponton, je mettrais un fauteuil américain en bois. Ça s'appelle un Adirondack. Je me collerais dedans, une bière à la main. Et basta. Rien. Que du silence. Que de la nature. Le bruit assourdissant de l'isolement. Ça, ça serait être libre pour moi.

Un quatrième silence s'installe, mais auquel il met fin rapidement.

— Quand on est gamin, on se sent libre. C'est après que ça se complique. Adulte, on construit nos propres prisons.

— *Quand as-tu été fier de toi pour la dernière fois ?*

— Je ne connais pas le sentiment de fierté. Ce n'est absolument pas quelque chose que je ressens.

La question s'affiche à nouveau.

— *Quand as-tu été fier de toi pour la dernière fois ?*

Un bug de l'écran ou une volonté d'en savoir plus ?

Dans le doute, Léo développe :

— Je peux être content d'avoir été au bout d'un projet ou d'une envie. Mais me sentir fier ? Jamais. Pour se sentir fier, il faut s'aimer, évidemment, mais il faut également avoir un recul sur soi que je n'ai pas. Je ne suis pas du genre à regarder en arrière et à me dire : « Waouh, c'est bien ce que tu as fait ! » C'est peut-être un tort d'ailleurs. Il faudrait parfois faire un petit bilan de ce qu'on a fait dans sa vie et en être satisfait. On serait sûrement moins exigeant avec soi-même. On donne souvent plus d'importance à ce qui n'a pas été fait qu'à ce qui a été fait. Oui… Ça doit être ça, la fierté. Reconnaître les choses bonnes qu'on a pu faire. Il y a quelques semaines, j'ai participé à une course à pied pour collecter des fonds contre la maladie d'Alzheimer. Je suis arrivé cinquième. Malgré mon mal de dos. Ce n'est pas si mal, cinquième. On devait être deux cents. Eh bien non, je n'ai rien ressenti. Pas la moindre fierté.

J'ai encore du boulot…

— *Quand t'es-tu senti fort pour la dernière fois ?*

Il soupire.

— J'imagine que je me le dis tous les soirs en rentrant du boulot… Mais bizarrement, je ne pense pas qu'il faut être fort pour ce travail. Au début, oui, sûrement. Mais après, on s'habitue. Ça devient presque un travail comme un autre.

Non. Je pense que si j'ai une force, c'est dans ma capacité à accepter de ne pas voir ma fille. Ce n'est pas de la résignation, non. J'ai accepté son choix de ne plus me voir pour l'apaiser. Parce que je sais pertinemment que ça doit être difficile pour elle d'avoir fait ce choix. Et je préfère lui montrer l'image d'un père qui accepte ce choix et qui le supporte, parce que c'est moi l'adulte. Pas elle.

Donc je n'en veux absolument pas à ma fille de ne pas vouloir me voir. Elle fait comme elle peut.

Alors, oui, ce n'est pas simple à vivre. Mais c'est comme ça…

Et je me dis que le simple fait d'en être arrivé à cette conclusion est une preuve de force.

Après, je ne me lève pas tous les matins en me disant : « Bordel, mais qu'est-ce que je suis fort ! » C'est la pire des choses de ne pas voir son enfant grandir. Je ne le souhaite à personne. Ne jamais partager un Noël. Rater ses anniversaires. Ne jamais avoir de nouvelles. Ne pas partager ses joies. Ou même ses peines. Son quotidien quoi… Se dire qu'un jour, elle ne vous reconnaîtra plus comme son père. Non, ça, je ne le souhaite à personne.

— *Quand as-tu eu envie de repartir à zéro ?*

— Honnêtement ? Jamais. Je n'aime pas revenir en arrière.

— *Quand t'es-tu senti léger pour la dernière fois ?*

— Vendredi dernier. Je ne sais pas pourquoi, mais j'adore les vendredis. Le vendredi, c'est toujours la promesse du week-end. Quelque chose de nouveau va se passer. Ou de joyeux. On va rester au lit toute la matinée du samedi. On va découvrir un truc de fou. On va cuisiner. On va faire l'amour. Et puis généralement on fait 5 % de ce qu'on voulait faire. Mais le vendredi, potentiellement, on se dit que tout est possible. Ça, ça m'a rendu léger. L'idée que tout peut changer.

Théa intervient :

— Changer ?

Léo précise :

— Quand tout est possible, tout peut changer.

— *Quand as-tu dansé ou chanté pour la dernière fois ?*

— Déjà, je chante comme un chien qui hurle à la mort. Donc ça m'arrive rarement. Sans compter que je ne retiens jamais les paroles… Donc, je chante ce qui me vient à l'esprit. Et c'est généralement bien moins bien que les paroles originales. Surtout si ce sont celles de Brel, Renaud ou Stromae.

Dansé… Je dansais quand j'étais ado ou jeune adulte. Et plus du tout aujourd'hui. C'est un problème de savoir se lâcher, je pense. Je ne me l'accorde plus. Je n'arrive plus à ne plus penser à rien qu'au plaisir de danser. Avant, je n'y pensais même pas. Je dansais. Point. Aujourd'hui, je n'y arrive plus. C'est dommage. J'aimais ça pourtant.

Léo entend un morceau de musique se répandre doucement dans la salle. Il le reconnaît immédiatement : « Let's Dance » de Bowie.

Sa jambe se met instinctivement à battre la mesure. Il rit.

— Comment tu sais que j'aime Bowie ?

La musique s'éteint brusquement. Une nouvelle question s'inscrit à l'écran :

— *Quelle a été ta plus grande joie ?*

— D'avoir ma fille. Sans aucun doute. Et pourtant, c'était pas gagné. Évidemment que j'étais content de devenir papa. Mais je n'arrivais pas à ressentir cette joie. À me l'approprier. Sans doute parce que pour nous, les pères, avoir un enfant (surtout si c'est le premier), ce n'est pas du tout… normal. Naturel. J'entends par là qu'on ne le porte pas l'enfant. C'est marrant, mais on en parle rarement de ce phénomène. Comme si c'était mal de ne pas se sentir père dès le test de grossesse positif ou dès la naissance. Pourtant, c'est le cas pour beaucoup d'entre nous.

C'est quand même surréaliste d'admettre qu'un être humain d'environ 3 kg va sortir en hurlant du ventre de celle qu'on aime. Neuf mois avant, on faisait l'amour tranquillement à deux et neuf mois après, on se retrouve à trois ! C'est limite de la magie ! Et moi, j'ai eu du mal à y croire à cette magie. J'avais l'impression d'être l'objet d'un immense canular. Tout me paraissait artificiel. Aller à l'échographie. Préparer la chambre de la petite. Acheter des vêtements. Je m'attendais à chaque instant qu'un mec sorte de nulle part pour me dire que tout était faux et que je m'étais bien fait avoir.

Le jour de la naissance de ma fille, j'étais en salle de travail et je regardais la maman faire tout le boulot et moi, j'étais là, avec ma caméra vidéo. Un touriste dans la maternité. Je n'avais pas le short et la casquette. Mais la blouse et la charlotte. Tout aussi ridicule. Je ne me sentais absolument pas impliqué. Limite, j'étais là de passage pour filmer une maman qui donne naissance à un bébé. Tellement j'étais coupé de mes émotions.

Ça m'arrive. Quand les émotions sont trop fortes. J'ai un interrupteur qui saute dans le compteur. Et le fait d'être père, c'est bien plus qu'une émotion : c'est un truc de malade qui t'arrive et dont il te faut bien plus que neuf mois pour l'accepter. D'ailleurs, il faudrait rallonger le délai de grossesse pour les pères. C'est fou comme la société te culpabilise de ne pas te sentir père immédiatement. Quoi ? Tu n'as pas l'instinct paternel ? Mais il est où ton cœur ? Mais je vous emmerde en fait, je fais comme je peux avec ce qu'on m'a donné. J'ai eu des parents déconnectés d'eux-mêmes et j'ai hérité ça d'eux. Sauf qu'à leur différence, moi, je le sais. Et j'essaie de lutter contre ça.

J'ai souvent comparé cette culpabilité à celle que subissent les femmes qui ne veulent pas d'enfant. Mais pour elles, c'est encore pire. Tu es femme, donc tu dois avoir un enfant. Sinon tu es une mauvaise mère. Affligeant.

Et puis la joie est venue avec les années. Comme une vague qui prend forme loin des côtes et qui vient exploser régulièrement en bord de plage. La joie d'avoir eu cette fille dont je suis tellement fier.

Ah ben voilà, la fierté qui revient ! Mais je ne suis pas fier de moi, mais d'elle.

— *Quelle a été ta dernière colère ?*

— Ça devait être une injustice. Les injustices me mettent hors de moi. Ça ne me vient pas à l'esprit pour l'instant.

— *Quand t'es-tu senti seul pour la dernière fois ?*

— Je me sens seul. Je traverse cette vie en totale solitude. C'est à la fois un fardeau et un plaisir extrêmes. J'adore ça et je déteste ça. Si je souhaite une seule chose dans la vie : c'est de ne plus me sentir seul. De pouvoir partager. Or, j'ai du mal à partager. Ce n'est pas de l'égoïsme. C'est de la protection. Pourtant, je n'ai aucun problème à donner. Mais partager, c'est accepter l'idée que l'on n'est plus tout seul. Et comme je me sens seul la plupart du temps… c'est pas gagné.

J'ai grandi dans un milieu où l'on m'a dit très tôt que je ne devais compter que sur moi-même. Ça a fait de moi un gars qui n'a aucun problème à vivre en société. Qui aime sa famille et ses amis. Mais qui est seul. Même à ma naissance, ma mère s'est barrée. Pendant quelques mois. On m'a confié à une nounou. C'est comme ça. La solitude est ma pote. Tout comme ma rivale.

— *Quand as-tu demandé la dernière fois ?*

— Demandé quelque chose? Ça va de pair. Quand on est seul, on ne demande pas. C'est paradoxal. On pourrait se dire que quelqu'un de seul a d'autant plus besoin d'aide. Eh bien, non. Les solitaires ne demandent pas, car on leur a appris à ne compter que sur eux-mêmes. Je ne réclame jamais. Même l'heure, je n'y arrive pas. J'ai toujours la crainte de déranger. J'ai plus peur de demander que d'essuyer un refus.

Pourquoi prendre le risque de demander quand on peut se débrouiller tout seul? C'est la raison pour laquelle j'ai développé un sens de l'orientation infaillible : pour éviter de demander ma route. C'est con, non ? De la même façon : pourquoi j'aime bricoler ? Pour ne pas attendre un réparateur qui ne viendra jamais. Être le plus autonome possible. C'est ça, ma vie.

Mais ça n'a pas que des avantages. Demander c'est aussi avoir l'humilité de se dire que l'on ne va pas y arriver seul. Demander, ce n'est pas que demander un service. C'est faire une demande.

Un jour, je suis allé voir un magnétiseur pour un problème au genou. Il a passé ses mains au-dessus de ma douleur. Ça ne l'a pas apaisée, mais il m'a dit : « Vous ne demandez pas assez. » Je suis reparti en boitant, mais fort de ce conseil. Je ne l'ai jamais oublié. Il avait raison. Je ne demande jamais. Aujourd'hui, je m'oblige à émettre des souhaits. Je n'ai pas envie d'aller à ce rendez-vous, ce serait bien qu'il s'annule. J'aimerais bien recevoir un message de ma fille. J'aimerais aller à Zanzibar un jour. Alors, parfois, ça marche. Parfois, non. Pas grave. L'important, c'est le réflexe de demander. Un jour, on m'a même conseillé de ne pas demander au conditionnel, mais au présent. Ça… J'y arrive moins.

Ne me demandez pas pourquoi j'ai répété autant de fois « demander ».

— *Quand as-tu parlé de toi pour la dernière fois ?*

— Jamais autant qu'aujourd'hui.

— *Quand as-tu eu mal pour la dernière fois ?*

— Quelqu'un a oublié de me souhaiter mon anniversaire. Ça m'a fait mal. C'est débile. Ça ne devrait pas. Mais j'ai beau être un solitaire qui ne demande jamais rien. J'estime que s'il y a bien un jour où je suis en droit d'attendre quelque chose, c'est mon anniversaire. Je ne réclame pas un feu d'artifice à Versailles, juste une intention particulière en ce jour particulier. Pour moi. C'est tout le paradoxe pour les gens comme moi. La plupart du temps, on ne réclame rien. Jusqu'au jour où l'on se vexe comme un môme, parce qu'on a oublié de vous souhaiter votre anniversaire. Moi, ça me fait mal de me dire que quelqu'un que j'aime ne pense pas à moi une fois par an.

Le plus fou dans cette histoire, c'est que j'oublie systématiquement de souhaiter les anniversaires de mes amis ! Aujourd'hui, je me corrige : je les note. Alors pourquoi pas eux ?

— *Quand as-tu rêvé pour la dernière fois ?*

— Je ne rêve pas. En tout cas, je ne m'en souviens jamais. Encore une protection. Ne pas avoir trop accès à la poussière sous le tapis.

J'aimerais pourtant.

C'est peut-être parce que je suis un grand rêveur diurne. Comme j'ai l'esprit qui ne s'arrête jamais : je suis toujours en train de rêver à quelque chose. Des vacances. Des lieux. J'ai une passion pour les agences immobilières. Je passe des heures à rêver devant les annonces placardées en vitrine. Et ça me le fait même à Bourg-en-Bresse ! J'aime m'imaginer vivre dans toutes ces maisons. Belles. Grandes. Petites. Moches. Je me projette. Vends : belle demeure XIXe. 12 pièces. Chapelle. Piscine. En plein Gâtinais (j'ai une vague idée de l'emplacement du Gâtinais). Waouh… Vends : cabane. Bord de rivière. Sans eau ni électricité. Waouh… Vends : pavillon années 1980 avec terrain de 50 m^{2}. Résidence surveillée. Waouh…

Oui, je rêve pour rien, le jour. Et j'aimerais rêver pour tout, la nuit.

— *Quand as-tu prié pour la dernière fois ?*

— Je ne suis pas croyant. Pourtant, il m'arrive de prier. C'est comme les demandes : j'apprends à le faire le plus possible. Les gens pensent que parce qu'on prie, on est croyant. Religieux. Pas dans mon cas. Je prie sans être catholique ou bouddhiste. Je prie pour moi. Je crois en un ailleurs. Indéfinissable. Bizarre pour un mec aussi cartésien. Je n'essaie pas de convaincre les autres. M'autoconvaincre me prend assez de temps comme ça. J'en ai déjà parlé, je n'ai pas peur de la mort. Je crains celle des autres.

— *Crois-tu ?*

— Oui. Même si je ne suis pas croyant.
— *Merci.*

Léo est vidé. La dernière fois qu'il a eu ce sentiment, c'était après un sauna en Bulgarie. Dans les bains de « je-ne-sais-pas-quoi ».

Décision

— *Prends une autre décision et je te révélerai un second secret.*

L'écran affiche de nouveau cette requête.

C'est pas vraiment le nouveau secret qui le motive : c'est plus de passer à l'action sans réfléchir. C'est parti !

Léo prend son téléphone dans sa poche. L'allume. Attend que le réseau soit à portée de barres. Va dans « Messages ». Choisit un ou une destinataire. Tape quelques mots. Et appuie sur « Envoi ». Il réitère l'opération deux fois de suite. Finalement, Léo a balancé en l'espace de deux minutes trois messages.

Lesquels ? Personne ne le sait. Si ce n'est lui, son téléphone et les personnes qui ont reçu les textos.

L'écran affiche :

— *Merci d'éteindre votre téléphone durant la projection.*

Léo est surpris.

Puis s'inscrit :

— *Je plaisante.*

Léo éclate de rire.

— On a de l'humour en plus !

Il s'adresse à Théa.

— J'ai envoyé un texto à ma fille pour lui dire que je l'aimais. Un autre à ma compagne : que je ne l'aimais plus. Et le dernier à mon patron : que je ne l'aimais plus du tout. Une triple décision. J'ai droit à un triple secret ?

La femme le regarde sérieusement.

— Vous dites « je t'aime » par texto, vous ?

— Quoi ? Ça ne se fait pas ?

— Je ne sais pas.

Léo sent monter son niveau d'agacement d'un cran.

— Si, vous savez. Depuis le début, vous êtes dans le juste. Qu'est-ce qui vous rend si parfaite ? Vous avez des défauts ? C'est quoi votre secret ? Le cloche-pied intensif ?

— Je ne suis pas parfaite. Je ne suis pas juste. Je suis juste moi. Je ne suis pas dans le jugement.

Léo prend une profonde respiration, histoire de faire redescendre le baromètre émotionnel.

— Je n'ai jamais su dire : « Je t'aime ».

Le visage de Théa passe du neutre au doux. Un cocktail de compassion et de sympathie.

— Alors, l'écrire, c'est un bon début. Pardonnez-moi.

Léo se recale dans son fauteuil à la manière d'un pilote de course prêt à redémarrer après un changement de pneumatiques.

— Pas de problème.

Sur l'écran s'inscrit :

— *Ça va, Léo ?*

Léo est lassé par cette sempiternelle question.

— Oui, ça va.

Une nouvelle phrase apparaît :

— *Ça va mieux, Léo ?*

Léo comprend qu'on lui demande de répondre sincèrement. Il laisse alors échapper un :

— Oui. Mieux. Soulagé.

L'écran rétorque :

— *Éteignez votre téléphone.*

Léo ne comprend pas.

Sa voisine lui glisse doucement à l'oreille :

— N'attendez pas de réponse.

— C'est-à-dire ?

— Vous avez pris vos décisions, car vous sentiez que c'étaient les bonnes. Il y aura forcément des conséquences. Vous les jugerez bonnes ou moins bonnes. Mais ce n'est pas ce qui compte. L'important, c'est que vous ayez pris des décisions pour vous.

Léo la dévisage un court instant.

— Qui me dit que vous n'êtes pas une secte qui me manipule ?

— Ne me posez pas la question : vous avez déjà la réponse. Vous avez pris vos décisions. N'ayez pas peur des conséquences.

La jambe de Léo se met à trépigner. Signe d'impatience, d'impuissance et d'autres choses en « ance ».

— Et si je décidais de sortir de cette salle et de flinguer un type dans la rue ? Vous me diriez que j'ai pris une décision et que je ne dois pas avoir peur des conséquences ?

Le visage de Théa s'assombrit.

— Non. Car vous ne prendriez pas cette décision.

— Qu'est-ce qui vous le fait dire ? Vous ne me connaissez pas.

— Plus que vous ne l'imaginez.

Léo la regarde, amusé.

— On se connaît ?

Elle répond avec le même amusement :

— Oui.

Léo fronce les sourcils à la manière d'un fox-terrier à qui on tend du saumon cru.

— Vous êtes qui ?

Alors qu'elle va pour dire quelque chose, le téléphone de Léo bipe trois fois.

Léo grimace. La tentation de lire ce qui vient de tomber est grande.

— Je fais quoi ?

— Je ne sais pas. Vous avez envie de les lire maintenant ? Ou plus tard ?

Léo réfléchit. Il déteste la frustration. Petit, il était du genre à ouvrir tous les cadeaux de Noël tout de suite pour être certain qu'il n'en manquait aucun de sa liste envoyée trois mois avant.

Léo éteint son téléphone.

— Ça attendra : je suis au cinéma.

Il range son portable dans sa poche. Se passe la main dans les cheveux qu'il a de moins en moins.

Sur l'écran s'affiche :

— *Ça va, Léo ?*

— Ça va, ça va… Un peu stressé, mais ça va. Je viens de faire exploser ma vie à coups de texto. Mais sinon ça va.

Il se lève d'un bond.

Puis il se met à faire le tour de la salle à cloche-pied.

Textos

Relevé des messages envoyés par son employeur à Léo

Jeudi 11 avril 2019 – 14 h 5 :
— *« Salut Léo. J'ai reçu le PV pour la rue Denerbe. Rappelle-moi. »*

Jeudi 11 avril 2019 – 14 h 7 :
— *« Tu peux intervenir samedi 13 sur Lyon ? »*

Jeudi 11 avril 2019 – 14 h 10 :
— *« T'es où ? »*

Jeudi 11 avril 2019 – 14 h 11 :
— *« Ton téléphone est éteint. Ça va ? »*

Jeudi 11 avril 2019 – 14 h 14 :
— *« Olivia me dit que tu n'es pas joignable. Rappelle-moi quand tu l'es. »*

Jeudi 11 avril 2019 – 14 h 20 :
— *« J'ai un problème sur la rue Duhesme. Farid n'est pas dispo. Tu peux t'en charger ? »*

Jeudi 11 avril 2019 – 14 h 26 :
— *« Toujours pas joignable, apparemment : (»*

Jeudi 11 avril 2019 – 14 h 34 :
— *« Call me. C'est important. »*

Jeudi 11 avril 2019 – 14 h 54 :
— *« C'est lourd de ne pas pouvoir te joindre. Tu fais quoi ? »*

Jeudi 11 avril 2019 – 15 h 12 :
— *« Il a pris 20 ans dans l'affaire Mons, Povich. »*

Jeudi 11 avril 2019 – 15 h 34 :
— *« Il te reste des combi ? Ici, on n'a presque plus rien. »*

Jeudi 11 avril 2019 – 16 h 1 :
— *« Bordel Léo, quand tu coupes comme ça, préviens ! »*

Jeudi 11 avril 2019 – 16 h 8 :
— *« Putain... »*

Jeudi 11 avril 2019 – 16 h 13 :
— *« Bon... je laisse tomber. Ciao. »*

Jeudi 11 avril 2019 – 16 h 15 :
— *« Bordel Léo ! Réponds ! »*

Chaos

— Pardon, ça déstresse.

Léo s'effondre dans son fauteuil après avoir fait le tour de la salle à cloche-pied.

— Je me sens comme le pilote qui a largué sa bombe sur Nagasaki. Lui, sa vie continue. Mais en dessous, c'est le chaos.

— Toutes proportions gardées.

Il tourne la tête vers elle.

— Toutes proportions gardées, oui. Mais vous n'imaginez pas ce que je viens de balancer. Pour moi, c'est inimaginable. Dire à ma fille que je l'aime. Je ne l'ai jamais fait.

— Pourquoi ?

— Parce que je n'arrive pas à dire aux gens que je les aime.

— Pourquoi ?

— Parce que je n'ai pas été élevé comme ça. Mes parents ne m'ont jamais dit qu'ils m'aimaient.

— Pourquoi ?

— Parce que leurs parents ne leur avaient sûrement jamais dit non plus. Ne me demandez pas pourquoi sinon on va remonter à l'époque romaine.

Théa rit.

— Le moment est venu de casser la tradition alors ?

— Peut-être, oui.

— Et dire à votre compagne que vous ne l'aimez plus, ça vous torture ?

— Faire du mal me fait encore plus de mal.

Théa marque une pause.

— Faire semblant d'aimer fait encore plus de mal que faire du mal.

Cette fois, c'est Léo qui le prend, le temps.

— Oui.

Il en pique un second, de temps.

— Je ne sais pas. Sûrement. C'est complètement dingue. Je rentre dans un cinéma pour faire une pause dans le bordel de ma vie. Et je vais en ressortir, ça sera pire qu'avant. Tout ça en 1 h 30…

— En quoi dire à sa fille qu'on l'aime peut aggraver une situation ?

— Être au chômage peut aggraver une situation.

Théa ne dit rien.

— Être obligé de quitter son foyer peut aggraver une situation.

Sur l'écran s'affiche :
— *Le secret, c'est d'être qui on est.*
— Alors je suis bien dans la merde…
Une nouvelle phrase s'inscrit :
— *Et ne pas être celui que les autres veulent que tu sois.*
Puis une autre :
— *Tu es unique, Léo.*
Puis une autre :
— *Redeviens-toi.*
Léo inspire profondément.
— Me voilà bien…

Il se lève brusquement. Une colère profonde l'envahit.
— Mais je suis moi, bordel ! C'est moi qui ai choisi ma vie. Ma meuf. Mon boulot ! C'est moi qui me suis foutu tout seul dedans, en faisant des mauvais choix. C'est moi qui ai été incapable d'aimer, de donner, de partager. C'est moi tout ça ! Une machine à faire de la merde ! Voilà qui je suis vraiment ! Je n'ai rien d'unique. Et on est beaucoup dans ce cas !

Il se rassoit rapidement.

Un silence lourd comme un semi-remorque se gare.

Léo s'affaisse dans son siège. Le regret. La gêne. L'orgueil.

Théa le laisse s'enfoncer dans le sable mouvant de sa culpabilité.

Sur l'écran, on peut lire :

— *Ça va, Léo ?*

Léo rétorque froidement :

— Non, ça ne va pas. Je me rends compte que je me suis trompé sur toute la ligne. Alors, non, ça ne va pas. Je suis ramasseur d'ordures humaines alors que je rêvais de dessiner. Je dessinais plutôt bien quand j'étais gamin. J'étais fait pour le dessin.

Il la regarde.

— Et ne me demandez pas pourquoi je ne suis pas devenu dessinateur, peintre ou graphiste. Ça ne s'est pas fait. Point.

— Et qu'est-ce qui vous empêche de dessiner aujourd'hui ?

— C'est trop tard.

— Trop tard pour qui ?

— Trop tard pour moi, évidemment.

— Pourquoi ce serait trop tard ?
— Pour en vivre. En faire mon métier.

Théa s'enlève des peluches sur son jean. Léo attend une réponse qui tarde à venir.

— Je vous écoute.

Elle le regarde avec douceur comme pour le prévenir que ce qu'elle va dire le sera moins.

— Vous anticipez. Vous parlez d'en faire un métier avant même de vous y mettre. À partir du moment où vous voulez en faire un métier : vous vous dites que vous n'y arriverez jamais. Que vous ne gagnerez jamais ce que vous gagnez actuellement. Et là, vous vous arrêtez.

Le coude posé sur l'accoudoir, la main sous le menton, Léo l'écoute avec attention. Il lui répond calmement :

— C'est la réalité pourtant.

— La réalité que vous vous fabriquez.

— Arrêtez avec vos phrases toutes faites de coach en développement personnel. Ça ne prend pas sur moi.

Le visage de Théa s'illumine.

— Ça a déjà pris. Sinon, pourquoi vous auriez fait deux fois le tour de cette salle sur un pied ?

La seule repartie qui vient à l'esprit de Léo, c'est de ne rien dire.

Elle poursuit :

— Pourquoi ne pas vous mettre au dessin ? Sans raison. Sans objectif. Pour le plaisir. Et vous verrez bien où ça vous mène.

— Vous pensez que c'est si simple que ça ?

— Vous m'avez déjà posé cette question. Je pense que l'homme se complique la vie. Dessiner ne vous coûte rien. Vous pouvez dessiner partout et quand vous le voulez. Qu'est-ce qui vous en empêche ?

Léo se gratte le menton. Parfois, les hommes se grattent le menton quand ils ne savent plus quoi dire. Même s'ils n'ont pas de barbe. Pourtant, c'est la barbe qui gratte généralement. *Idem* pour les cheveux. Se passer la main dans les cheveux pour les chauves est une chose courante. On dit alors qu'ils se passent la main sur le crâne. Mais non : ils se passent la main dans les cheveux qu'ils n'ont plus. Un réflexe. Un souvenir de l'époque où ils avaient des poils ou des cheveux.

— Ce qui m'empêche, c'est sans doute la crainte de l'échec.

Théa, sans se passer la main dans la barbe (car elle n'en a pas), lui rétorque :

— C’est quoi échouer pour vous ?

Léo prend le temps de réfléchir avant de répondre.

— Ne pas en vivre.

— Pas certaine que Van Gogh en vivait à son époque. Et pourtant, il ne s’arrêterait pas de peindre. Ce n’est pas la réussite qui doit vous animer. Juste le besoin. L’envie.

Léo affiche soudain un visage d’après-sauna.

— C’est le cas.

— Alors quand vous sortirez de cette salle, allez vous acheter des crayons et un bloc-notes. Et dessinez.

— C’est aussi simple que ça.

Une phrase s’inscrit à l’écran :

— *Tout est simple.*

Théa ajoute :

— C’est quand vous anticipez que ça se complique.

Le retour

— *Ça va, Léo ?*
La question s'inscrit une nouvelle fois à l'écran.

Apaisé, Léo dit :
— Étonnamment, oui. Et je ne sais pas pourquoi.

Théa lui glisse tout bas à l'oreille.
— Parce que vous y voyez plus clair.
— C'est ça. Il a fallu que je rentre dans une salle obscure pour y voir plus clair.
— Exactement.

Théa le regarde autrement. Un mélange de « que de chemin parcouru en si peu de temps » et de « je ne pensais pas si bien m'entendre avec un nettoyeur de scènes de crimes ».

Il poursuit :

— Qui vous dit qu'en sortant de cette salle, je ne vais pas effacer tout ça et repartir comme avant ?

— Ça paraît difficile.

— Pourquoi ?

L'écran s'illumine. Léo se retourne pour lire ce qui est écrit :

— *Parce que vous avez pris des décisions, Léo.*

Théa précise :

— Et ces décisions vont avoir un écho, une répercussion.

Léo s'obscurcit.

— Catastrophique.

— Vous anticipez à nouveau.

Elle laisse un silence puis elle ajoute :

— Vous verrez bien.

— C'est tout vu.

— C'est bien alors.

Léo la stoppe avec le bras.

— C'est tout vu que ça va être une catastrophe. Je vais me retrouver sans boulot, sans femme et sans argent.

— Mais avec votre fille.

Théa pose son regard sur la main de Léo. Léo, embarrassé, la retire immédiatement en s'excusant.

— Pardon, désolé.
— Tout va bien. Ce n'est qu'une main. Et ce n'est que mon bras.
Il balbutie quelques mots :
— Avec ma fille… Oui, peut-être…
— Sûrement. Et vous pourrez vous remettre au dessin aussi.
— Peut-être.
— Sûrement.

Une nouvelle phrase s'affiche à l'écran :
— *Vous étiez immobile. Vous êtes en mouvement.*

Léo repasse sa main dans les cheveux qu'il n'a pas beaucoup. Puis la passe sur son visage comme pour effacer une émotion trop forte.
— Je ne veux pas croire que ça soit si simple.

Théa lui pose la main sur le bras.
— Vous permettez ?
Il sourit.
— C'est moi qui ai commencé. Je vous écoute.
— C'est normal de trouver ça trop simple. C'est le cas de la plupart des humains.
Il sourit à nouveau.
— Pourquoi ? Vous n'êtes pas humaine ?

— Si.

— Ou extraterrestre.

Elle sourit à son tour. Tournée générale des sourires !

— Aussi. Je suis les deux.

— On pourrait se revoir après ça ?

Léo regrette immédiatement ce qu'il vient de dire.

— Pardon. C'est nul. Je me suis laissé embarquer dans le tramway de la honte.

— Ça dépend de vous.

Surpris, Léo sursaute sans sursauter.

— C'est-à-dire ?

— Ça dépend de vous si vous en avez envie.

— J'aimerais, oui.

— Alors, ça se fera.

Léo se sent rougir à la manière d'une mouette hypersensible.

— OK. C'est chouette.

Il se reprend :

— « C'est chouette », c'est un peu mon expression. Et ça faisait longtemps que je ne l'avais pas utilisée. Alors, c'est chouette.

Dans l'élan, il enchaîne :

— Comment je peux vous joindre ?

Théa ne répond pas tout de suite, mais ne le laisse pas pour autant sans réponse :

— Ça sera moi qui vous contacterai.

Léo fronce. Mais pas uniquement des sourcils. De l'ensemble de son visage.

— Comment vous allez faire ? Vous n'avez pas mon numéro. Vous ne savez pas comment je m'appelle.

Théa lui dit calmement :

— On s'est bien rencontrés, non ?

Léo se décontenance. C'est bien la première fois qu'il entretient une conversation de ce type. Voire de troisième type (pour ceux qui ont la référence).

Il tente :

— Oui, mais là, c'est du hasard.

— Je ne crois pas. C'est vous qui l'avez souhaité. Et ça s'est fait.

Il soupire.

— Il faudrait que je fasse le tour de la salle à cloche-pied pour que vous réapparaissiez ?

Prenant un petit air de sorcière bien-aimée :

— Si ça peut aider. Mais ça peut être plus simple. Tout est plus simple.

— Si j'ai bien compris, la vie est un jeu simple. C'est nous qui compliquons les règles.

À l'écran s'affiche :

— *Oui.*

Merci

Léo se lève. Bientôt deux heures qu'il est dans cette salle. Il n'a pas vu les minutes s'écouler. Encore moins son sang. Laissons écouler le sang dans les jambes. Il agite les jambes à la manière d'un chien qui s'ébroue.

— Pourquoi compliquons-nous les règles de ce jeu ?

Théa le regarde, amusée :

— Vous avez des fourmis ?

— Toujours la même hernie. J'ai du mal avec la position assise.

Il revient au sujet :

— Vous n'avez pas répondu à ma question.

— La vie est un jeu et nous le compliquons, non pas parce que les règles sont compliquées, mais avant tout parce qu'il y a des règles.

— Oui, mais sans règles, il n'y aurait pas de jeu.

— Elles sont faites pour qu'il y ait un gagnant et un perdant. Dans ce jeu, tout le monde est gagnant. Il n'y a pas besoin de règles.

— Un jeu sans règles est moins amusant. Il n'y a plus d'enjeu, donc tout le monde risque de s'emmerder.

— Si vous considérez que gagner est une fin. Il y a également le plaisir de jouer.

— Pour quitter la métaphore, vous diriez qu'il est plus important de vivre que de chercher à réussir.

— Vivre, c'est déjà réussir. Ceux qui passent leur temps à chercher à réussir, à gagner de l'argent, à gagner à tout prix, se retirent le plaisir de vivre. Je n'ai rien contre l'ambition. Mais généralement, les gens sacrifient leur vie pour réussir. Ils passent à côté de leur vie. Ou, du moins, ont le sentiment d'être passés à côté de.

Léo s'étire.

— OK. Mais réussir, c'est aussi gagner de l'argent. Gagner en confort. Améliorer sa vie.

— C'est vrai. C'est la raison pour laquelle je vous ai dit que je n'ai rien contre l'ambition. Le problème, c'est que la plupart des gens inversent le processus. Ils cherchent d'abord à gagner de l'argent et après à être heureux. Alors qu'ils devraient d'abord se dire : qu'est-ce qui me rendrait heureux ? Et après l'argent viendra. Ou pas. De nombreuses personnes vivent sans être riches et sont parfaitement heureuses.

Léo en l'écoutant a oublié de s'ébrouer.

— Vous devriez en faire un bouquin. Ça cartonnerait. Vous pourriez faire fortune.

Théa sourit.

— Je n'en ai pas besoin. Écrivez-le, vous.

— Vous êtes prof ?

— D'une certaine façon.

— Prof de quoi ?

— De tout. Une sorte de généraliste.

Léo la dévisage un court instant.

— Vous êtes qui ?

Elle cligne des yeux, puis lui parle avec douceur :

— Je suis vous.

Léo avale sa salive sans la quitter des yeux. Il vient de comprendre quelque chose qu'il n'a pas encore tout à fait compris.

— Vous permettez ?

— Quoi donc ?

— Je vais faire un tour de salle et je reviens.

Léo repart à cloche-pied faire un tour de salle.

Cette fois, il le fait plus rapidement et sans embûches. Il a pris le coup de pied.

Deux minutes et 4 secondes plus tard, il regagne sa place à peine essoufflé.

— Je commence à prendre le rythme. C'est marrant, mais j'arrive même à y prendre goût, je ne sais pas pourquoi… Ça me vide la tête.

Se retournant vers elle :

— Vous ne dites rien ?

La place de Théa est vide.

Léo se retourne.

— Théa ?

La salle est vide. Il se lève.

— Vous êtes là ?

Personne ne répond. La jeune femme n'est plus là.

Il se rassoit. Un peu surpris. Un peu désarçonné. Un peu abandonné. Un peu frustré. Un peu triste. Un peu tout ça.

— OK…

Il reste là. Sans savoir quoi faire. Sans savoir quoi dire.

Il sourit. Ça se trouve, elle est aux toilettes. Ça se trouve, dans quelques secondes, il va entendre les portes battantes s'ouvrir. Ça se trouve, elle va revenir en s'excusant d'avoir raté le troisième tour de salle. Avec son air tellement là et tellement détaché en même temps.

Bon… apparemment… Ça se trouve, elle est vraiment partie.

Il attend. Encore un peu. Puis encore un peu. Puis suffisamment pour finir par admettre qu'elle ne reviendra plus. Étrange ce sentiment de manque qui lui vrille le ventre.

Ça lui rappelle la fois où il avait sympathisé dans l'avion avec sa voisine. Une nana aux cheveux rouges avec un piercing dans le nez. Elle devait avoir la trentaine. Elle rentrait d'un salon sur le tatouage où elle avait tatoué pendant cinq jours d'affilée. Il lui avait posé 4 807 questions sur les tatouages. Puis 4 807 sur comment elle en était arrivée à faire ça. Puis 4 807 sur tout le reste. Elle s'appelait Maggy. Ça l'avait marqué parce que c'était vraiment pas un prénom de son âge. En deux secondes, la glace avait été rompue. Ça *coolait* super bien entre eux. C'était pas de la drague. Mais c'était pas « pas de la drague » non plus. Juste un truc bien qui se passe entre deux personnes bien. Et puis quand ils avaient atterri, elle s'était levée, avait récupéré son sac, l'avait salué et était partie de sa vie aussi rapidement qu'elle y était entrée.

Cette rencontre l'avait marqué. À chaque fois qu'il tombe sur une personne tatouée, il se dit que Maggy est dans le coup. C'est étonnant comme des personnes qui ne font que passer laissent des traces aussi profondes dans la neige de notre mémoire.

Il regarde autour de lui. Théa lui fait peut-être une blague ? Elle s'est planquée quelque part entre les fauteuils. Ça lui paraît tellement fou qu'elle se soit évaporée ainsi. Il l'aurait vue sortir de la salle ? Il aurait entendu la porte claquer ?

Non. Elle n'est plus là. Les rangées sont vides.

Théa est partie.

— *Ça va, Léo.*

Léo remarque que le point d'interrogation a disparu. L'écran ne semble plus en douter. Lui non plus d'ailleurs. Bizarrement.

— Oui, tout va bien. Merci.

La phrase disparaît pour laisser apparaître un :

— *Merci à toi.*

Une émotion étreint Léo. Quelque chose venu de nulle part. Sans doute dû au fait qu'on lui a rarement dit : «Merci». Un truc qui t'attaque à la gorge et qui remonte direct dans le nez. Une attaque de krav-maga émotionnel.

L'écran répond :
— *Je suis toi, Léo.*

La phrase disparaît.
La salle s'allume.
La séance est terminée.

* * *

Dans le hall, Léo a l'éblouissement facile.
Il avance sans avancer. Sonné par cette expérience sans explication.
Qu'est-ce qui s'est passé? C'était quoi? Pourquoi c'est tombé sur lui? Pourquoi, pourquoi et pourquoi? Un paquet de «pourquoi» goût sucré-salé à consommer sur place.
Il cherche le caissier pour avoir une réponse. Mais il n'y a personne derrière le guichet.

Léo patiente quelques instants quand une voix vient interrompre son attente.

— Vous cherchez quelque chose ?

Léo se retourne et tombe sur un grand maigre *grisonneux* portant un gilet rouge. Sans aucun doute le caissier.

— Oui, vous.

— En quoi puis-je vous aider ?

Léo s'éclaircit la voix à grand renfort de raclements de gorge.

— Vous pourriez me dire comment s'appelle le… truc qui passe en salle 11 ?

Le garçon plisse le regard en plusieurs couches.

— La 11 ?

— Oui, la 11. C'était quoi ce que j'ai vu ?

Le caissier racle à son tour sa gorge comme si c'était devenu contagieux.

— Il n'y avait rien en salle 11. Vous deviez être dans une autre salle, je pense.

— Je ne pense pas, non.

Il cherche son ticket qui doit bien être quelque part, mais qui comme d'habitude n'est jamais là quand on le cherche. Sauf que là, il n'est pas si loin que ça puisqu'il est dans la poche arrière de son jean.

— Vous voyez : salle 11, dit Léo en lui montrant fièrement son billet.

— Sauf que c'est la 1, Monsieur. La barre qui suit n'est pas un autre 1, mais un slash. Vous étiez dans la salle 1. Pour voir *My name is Dalton*.

— Non, je n'ai pas vu *My name is Dalton*. J'étais dans la 11. Et je n'étais pas seul. Il y avait une femme avec moi.

L'homme souffle.

— Il n'y avait personne dans la salle, Monsieur. Regardez l'écran au-dessus de la caisse. Si la 11 était ouverte, elle ne serait pas grisée avec le nombre de places vendues. Ici, elle est grisée avec le nombre de places vendues qui indique 0. Ce qui veut dire…

Léo l'interrompt.

— OK, OK, j'ai compris. Donc c'était quoi la 11 ?

— Dans la 11, il n'y avait rien, Monsieur. Bonne journée.

L'homme au gilet rouge s'éloigne, signe qu'il ne souhaite pas que Léo lui pose d'autres questions.

Le ticket dans la main, Léo cherche une explication.

— C'est quoi ce bordel ?

Un soupir profond vient mettre fin à cet instant. Il sort son téléphone portable. Le rallume. Tape son code. Ça tinte à plusieurs reprises. Signe qu'on lui a laissé de nombreux messages sur son répondeur.

Léo appuie sur la touche de sa messagerie et écoute le premier des messages.

Pour plus d'information :

#lisez! engagé
www.lisez.com
Imprimé sur du papier issu de forêts gérées durablement.

CET OUVRAGE A ÉTÉ ACHEVÉ D'IMPRIMER SUR ROTO-PAGE
PAR L'IMPRIMERIE FLOCH À MAYENNE EN JUIN 2023

N° d'impression : 102822
N° d'édition : P31591/01
Imprimé en France